華志文化

華志文化

走出新詩銅像國

周慶華◎著

- 詩的基本式
- 中西詩觀的對比及其突破
- 新詩的前現代模式
- 新詩的現代流變
- 新詩的後現代流變
- 新詩的網路時代流變
- 新世代詩人的語言癖好
- 網路社會中作家／詩人的命運
- 新禪詩話語的多重變異性
- 中西抒情詩差異的看待方式
- 新詩的寫作教學
- 未來超新詩銅像國的寫作

百年來海峽兩岸所流行的白話散體「新詩」，全追躡著西詩的腳步前進，品類是夠繁多了，但都屬於仿作，在世界詩壇始終沒有能見度；且因無力自我創新，一旦留跡就成了銅像國，僅能供人憑弔，而不再發揮任何影響力。為了從新開啟詩運，勢必要走出銅像國，而改以資訊文學化（詩化）來另鑄偉貌，庶幾可以如古典詩那樣舉世無雙而一領風騷。

◆內容簡介

百年來海峽兩岸所流行的白話散體「新詩」，全是追躡著西詩的腳步前進，品類是夠繁多了，但都屬於仿作，在世界詩壇始終沒有能見度；且因無力自我創新，一旦留跡就成了銅像國，僅能供人憑弔，而不再發揮任何影響力。因此，為了從新開啟詩運，勢必要走出銅像國，而改以資訊文學化（資訊詩化）來另鑄偉貌，庶幾可以如古典詩那樣舉世無雙而一領風騷。

◆後全球化思潮叢書企畫

西方人所主導全球化的人口、金融、資訊科技和商品等流動現象的全球化風潮，在歷經幾個世紀的衝撞後已經快到強弩末端了。而當今許多綠能經濟的倡議，以及諸如中國、印度、巴西和非洲等的崛起，不啻在預告全球化必須走向下一步「後全球化」了。只不過綠能經濟所強調的再利用和開發新能源等觀念和作為，僅是轉成綠色資本主義還是老套，並非真有助於終結能趨疲（entropy，熵）的危殆；而第三世界的崛起，儼然一切以重構文明或再造文明的新意識在主導經濟和科技的運作，但情況卻無法這麼樂觀，因為西方強權所帶動的全球化就要耗用完地球的資源，第三世界崛起除了拾人唾餘，還得分攤環境汙染和生態失衡等後果，根本沒有什麼遠景可以期待。因此，所謂後全球化的後，它的意義就得越過這一新經濟和西方強權轉弱的假象而從逆反全球化來確立。

逆反全球化，在當今已有遍布於世界各地的原始主義、社會改良主義、民族主義、原教旨主義和馬克斯主義等在策畫行動，但實際上它們被操作時僅是消極抵抗或不附和而未能極力批判，到頭來都成了全球化的組構成分而欲後無由。畢竟全球化背後的資本主義邏輯和軍事或文化殖民的征服等因由，才是當中的關鍵，反全球化就是要以它為對象；而如今所見的相關作為卻都是以另起類似的因由在籌謀對策，自然罕有成效可說。因此，只有徹底逆反全球化，才是大家能夠 繼續在地球上存活的唯一保證。

基於這個前提，後全球化必須有周密且強而見力的思維來領航，以便人類知所從新安頓生命和永續經營地球等，開創性自是此中最大的期待。以至這裏就有了後全球化思潮叢書的企畫構想，凡是直接思索後全球化當如何的，或者可以跟後全球化需求相涉相發的，或者看似有距離實是在引領新一波思潮的專著，都竭誠歡迎。

在直接思索後全球化當如何的和可以跟後全球化需求相涉相發的專著部分，乃依需訂題；而在看似有距離實是在引領新一波思潮的專著，則可取例如下：新符號學、新敘事學、新語言學、新詮釋學、新宗教學、新倫理學、新形上學、新儒學、新道學、新佛學、新仙學、新神學、新靈學、新文學學、新藝術學、新美學、新科學哲學、新知識學、新政治學、新經濟學、新資訊學、新電影學、新趨勢學、新人學、新物學、新心學、新宇宙學、新生命科學、新老人學、新環境生態學等。

編輯部

◆序：超越新詩銅像國的視野

詩以意象表意，內蘊比喻或象徵技藝，為文學最純粹的形式。至於該意象在比喻或象徵的作用中所連結不同範疇的事物，則又成了創新世界而深富審美興味的對象，始終被叨念著且期待它能普遍化。所謂「一個社會沒有詩，就得死亡」（Martha Graham語）和「人生有三恨：一恨鰣魚多刺；二恨海棠花無香；三恨曾恐不會寫詩」（清人語）等，無不徵候著詩這種體裁的美感極大化需求。

然而，詩的容易寫作與否，卻又體現著領域內觀念的差異及其競勝心理。好比在西方人心中所有的「一個數學家除非稱得上是位詩人，否則不能算是真正的數學家」（Karl Weierstrass語）、「我想結識一個作畫的屠夫、一個以寫詩為業的麵包師」（Robert Browning語）和「我認為結婚以後，一個男人沒有變成幽默大師的話，他必定是個可悲的丈夫。就同樣的意義來說，戀愛中人沒有變成詩人的話，他必定是個差勁的情人」（Soren Kierkegaard語）等這一最好大家都是詩人的期待，很明顯不會把寫詩視為一件繁難的事；相對的，中國古來盛傳的「吟安一個字，撚斷數莖鬚」、「兩句三年得，一吟雙淚流」、「忽有好詩生眼底，安排句法已難尋」和「作詩火急追亡逋，清景一失後難摹」等說詞，就不可能將作詩等同吃飯睡覺而連尋常人都可寄望。這各自相沿至今，有了整個文化的交會作背景，取捨就變成詩教的一大考驗；在此地想要擺脫自我傳統束縛的人，寧可選擇前往對方的界域裏攬勝尋芳，終而卯到了一畦「新詩」小園圃，從此告別古典詩的紀律，同時也埋下了畢竟僅能尾隨別人的命運。

這是說西方人在創造觀這種世界觀的引領中，以詩性思維盡得馳騁想像力的快慰，詩作已由格律化轉向徹底的自由化且從前現代的模象跨向現代的造象／後現代的語言遊戲／網路時代的超鏈結等多重風貌；而國人只能在一番望洋興嘆後勉力去仿效，卻忘了自己內裏還存著氣化觀這種世界觀的印記，相關內感外應的情志思維式習氣仍然深著，產製始終小人家一號，根本難入西方人的眼！也因此，在我們這裏將各種別人實踐過的詩體像浪漫詩、象徵詩、立體詩、超現實詩、魔幻詩、符號詩、解構詩、後設詩、新圖像詩、多向詩、互動詩等如數取來仿作後，自然也就橘逾淮而為枳，不但規模變小了，並且在無力超前的情況下也不禁都變成一座座的銅像。眾銅像集結成銅像國，場景是夠壯觀了，但板滯的形象也只合供人憑弔！

顯然這條尾隨學舌的路是沒有前景的，還想奮力一躍而產出如古典詩那樣管領風騷的人，勢必要走出銅像國而另覓途徑，開啟詩運才庶幾可期。而依歷數此次詩變概況並詳加審度所得，當以資訊文學化（資訊詩化）的新觀念為前導，將現存各文化系統（包括印度佛教所興作緣起觀這一專擅逆緣起解脫的解離思維在內）所可採集的資訊匯合來創製新體（這是只崇尚自我文化的西方人所陌生且無能企及的），就無異是最先進且最高的選項。本書率先掀揭此中秘辛兼己身嘗試示範（在內文中僅註記詩集名稱而不便一一細舉說明），有心人曷興乎來體驗看看，翻轉新局或許就在今朝。

周慶華

目　次

透視篇

第一章　詩的基本式

一、詩與非詩

經過後現代超前衛觀念洗禮的人，習慣把「去中心」、「泯除界域」和「消解大敘述」等口號掛在嘴邊，動輒顯現一副新虛無主義的樣子。這樣牽連過來所有學科／文類的劃分區別，也就成了徒然、甚或是一項不識趣的舉動！而原來極為可貴的「一種特殊的審美對象」的詩（周慶華，2008a：146～148），遇到這種解構威脅，想要標榜它來跟非詩對列，恐怕也處境顛危而要惶惑瘖啞以對了。

但情況又不能這般「任其發展」！因為凡是要解構別人的言論都得先保障自己不被解構的權利，以至「去中心」、「泯除界域」和「消解大敘述」等喧嚷也就形同假相；權力欲望的介入和約定俗成的律則等總會在當中確保話語的存在（周慶華，2009a：36～42），而使得任何一種反抗論述的穿透動能失去效力。

所謂「詩」和「非詩」對列的邊界尋跡，自然就通過上述的「險巇」考驗而可能了。因此，有人要再盡情的說「詩是在理性之前所作的夢」（Diane Ackerman， 2004：287引）或「詩就是一個靈魂為一種形式舉行的落成禮」（Gaston Bachelard， 2003：41引）或「詩就像是一座愛的發電廠」（Mary Pipher，2008：246

引），就全憑自由而可以轉由我們予以附和或試為證成。而從現有的經驗來看，詩的「習造」獨特性已經有人在掀揭規模了：

> 跟《愛麗絲夢遊奇境記》中的白皇后一樣，詩人在早餐之前可以相信六件不可能的事為可能的。下面是我所開列的詩使其成為可能的各種學理上的不可能：（一）字面不可能；（二）非我存在的不可能；（三）做前所未有事的不可能；（四）改變不可改變事物的不可能；（五）等同對立雙方的不可能；（六）完全翻譯的不可能。詩運用包括譬喻和想像的聯想跳躍在內的許多手段，使這些不可能成為可能。（Philip J. Davis等編，1992：284）

具體的例證，分別如「歐文動人的一戰時的詩歌〈奇異的會見〉為字面不可能提供了一個具體例子。詩人在『深而昏暗的地道下』見到了他所殺死的敵人並相互交談。從字面上來看這是完全不可能的，但在夢境或幻覺中卻會成為千真萬確的事」、「人們在詩以及其他文學創作形式中常把自我同化於某些非我（如狄金蓀常用某位死者的聲音講話：『我死了，一隻蒼蠅嗡嗡叫』）」、「夢想、幻覺和想像乃是詩人創作的一些最有力的動機。詩人常常不加思索地把習以為常和熟諳的世界拋在一邊。丁尼生勛爵1842年的青年之作〈羅克司烈大廳〉就是這樣的一個例子」、「如果你覺得自己身處絕境，那麼努力想像會使你絕處逢生。在歐威爾的小說《1984》中，犯人被關在可怕的『101號房』，禁受各種各樣的恐怖和威脅，試圖給他們洗腦，使他們熱愛『老大哥』。在我的詩〈不！老大哥1984：練習〉中，對於蟲子的一種瘋狂恐懼被克服了，『老大哥』實施控制的環境失去了效用」、「對於詩人們來說，悖論和自相矛盾乃是生命的正當情形。在羅特克的歌謠〈清醒〉中，詩人把一系列看起來對立的東西等同起來了：醒和睡、思想和感覺、消失和持久、動搖和穩定」、「在上述諸種學理上的不可能和詩歌中存在的少數幾個真正的不可能之間，完全翻譯的問題可以成為一座過渡的橋樑（也就是由『再創作』來克服完全翻譯的不可能難題）」（Philip J. Davis等編，1992：284、286、288、289、290）。詩這種可以使不可能的事物成為可能的殊異色彩，就跟「無法如此」的非詩截然的區分開來。

其實，詩所要區別的還不止泛泛的「非詩」，它更要區別在非詩裏頭可能「近於詩」的作品。近於詩的作品，可以有非詩的成分，也可以有詩的成分，但終究因為它的「居間」性而不便讓它混淆於詩。這以光譜儀來表示，一端明顯是詩而另一端明顯是非詩，中間模糊地帶就是該一可以「相近於兩端而終不似」的作品：

非詩　　　　介於詩／非詩之間　　　　詩

這介於詩／非詩之間的作品，範圍最廣，幾乎可以包括散文、小說、戲劇和夾議夾敘式的說理文等。而同樣採光譜儀標示而落實在具體的作品上，詩和非詩以及介於詩／非詩之間等三者的關係，就有「同質異式」的例子可以印證：

非詩	介於詩／非詩之間	詩
懦弱的人在面對別人的欺壓時，不是沒有能耐反彈而甘願受辱，就是別為尋求補償以便得到心理的平衡。（周慶華，2004a：96）	（魯迅《阿Q正傳》裏的主角阿Q）在形式上打敗了，被人揪住黃辮子，在壁上碰了四五個響頭，閒人這才心滿意足的走了。阿Q站了一刻，心裏想：「我總算被兒子打了，現在的世界真不像樣……」於是也心滿意足的得勝的走了。（楊澤編，1996：80）	（夏宇〈甜蜜的復仇〉）把你的影子加點鹽／醃起來／風乾／／老的時候／下酒（張默等編，1995：1112）

同樣關係一個「精神勝利法」的課題，左邊項為直說，右邊項以意象比喻和象徵，而中間項則以事件象徵，彼此「各稱其職」而互不相侔。只是中間項可以彈性容受，或跨向詩，或跨向非詩，而以「近於」的特徵在兩端之間游移。如：

李龍第重回到傾瀉著豪雨的街道來，天空彷彿決裂的堤奔騰出萬鈞的水量落在這個城市……李龍第看見此時的人們爭先恐後地攀上架設的梯子爬到屋頂上，以無比自私和粗野的動作排擠和踐踏著別人……他暗自感傷著：在這個自然界，死亡一事是最不足道的……人的存在便是在現在中自己與環境的關係。（七等

生，2003；176～178)

女孩咬著枕頭，彷彿要證明，她能扯碎纖維或肉類的嘴，一樣能撕裂誘惑，然後她憤然大吼……她母親爆炸了，「現在你的微笑像蝴蝶，可是到了明天，你的乳房就會像兩隻唧唧咕咕的鴿子，乳頭是兩顆鮮嫩多汁的野莓，舌頭是眾神溫暖的地毯，臀部是迎風的船帆，而燃燒在你兩腿之間的，是烈焰炙熱的熔爐，倨傲勃起的傳種金屬，在其中得以鍛鑄淬鍊。現在，晚安！」（Antonio Skármeta，2001：77）

前則在敘事中所嵌進的「在這個自然界，死亡一事是最不足道的」、「人的存在便是在現在中自己與環境的關係」等存在主義式的議論，就有要向非詩端靠近的傾向；而後則在敘事中所取譬的「蝴蝶」、「鴿子」、「野莓」、「地毯」、「船帆」、「熔爐」、「傳種金屬」等意象，則又緊相對詩端招手，使得一個「模糊地帶」真的就這樣不定性的模糊起來（如果詩和非詩中也摻雜對方的成分或模擬中間項的情況，那麼它們就會逸離自己的位置而向此一模糊地帶靠攏）。

我們通常所認可的詩，就得像這樣排除敘事、說理等成分而僅以意象來比喻或象徵，將所要表達的情意高度的凝鍊濃縮。這樣敘事性作品裏縱使也會有意象，但它所重在事件的安排鋪陳，意象只是旁襯而不如在詩中為主調；至於說理性作品既以說理行文，偶爾可能藉點意象但也同樣無緣晉身為詩（更何況它根本不藉意象時，連「嘗試過渡」的影子都沒有）。這是緣所有文類／學科必要分類以為認知的前提而來的設定，權力欲望（可以兼及文化理想）為它終極的制約力；此外，就無從再卯上所謂的客觀性或絕對性一類的形上意涵（周慶華，2004a；2006；2009a）。

雖然如此，以意象間接表達情意而撐起詩的「一片天」本身，還是有心理審美和生命解脫等特殊考慮，而使得有關詩質的設定不同於「泛泛之流」。這是文人殫精竭思所摶成的，它最基本的形式是以「外在之象（事物）」來表達「內在之意（情意）」；而為了整體的審美效果，文人還會將它作一有效的組織而使它同時具備音樂性；倘若還有需求（如為著繪畫效果或基進創新），那麼就會再額外附加或變形伸展詞語和組構的新表方式，以至一個專屬於詩的思維模式就這樣「排它自得」了：(周慶華，2004b：94)

整體呈現

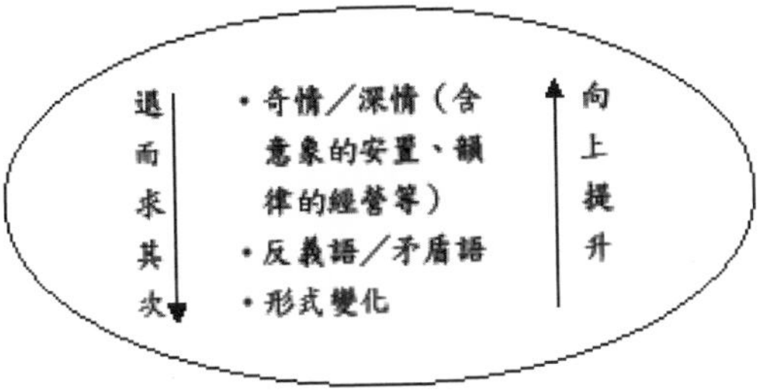

這全為心理審美而設（供人玩味而從中獲得樂趣），也是詩作為一種文類（或領銜代表「文學」這個學科）所能區別於其他文類的特徵所在。但再深一層來看，詩的意象化特性卻不止為產生心理審美一項功能而已；它的藉以克服「言不盡意」的困擾和可逃離惱人問題的糾纏等生命解脫的效應，則又看似隱藏而實則隨時都會浮現出來。

所謂藉以克服言不盡意的困擾，這是起於語言多有「不盡意」

而又必須表出時的一種策略運作：

> 語言屬於抽象的符號，難以表達具體的情意，這就是它的侷限所在……面對這種困境，作者不是像劉勰《文心雕龍．神思》所說「至於思表纖旨，文外曲致，言所不追，筆固知止」那樣自動擱筆，就是像《易繫辭傳》所說「聖人立象以盡（概略的意思）意，設卦以盡情偽，繫辭焉以盡其言」那樣勉為設言。而比興的運用（比是比喻，興是象徵，二者為意象的主要呈現方式），就是基於後者而藉以「解決」言不盡意的難題。因此，當直敘繁說仍不能盡意時，使用比興就能「掩飾」困窘，並且可以繼續保有想要盡意的「企圖」。（周慶華，2000a：174）

這在詩中因為全部意象化而更容易「混合」或「強為寄存」。而所謂可逃離惱人問題的糾纏，則是另有不逮或有所規避時，藉助意象來「應付了事」以為脫困而著成典範的。好比宗教中人也偶爾要藉意象來自我逃避一樣：「宗教人採用意象，因為無法『直接』說出他想要說的，而意象容許他逃避『既成的』實在界。但他討厭把某種明確的實在界劃歸意象本身。事實上，宗教心靈創造了意象，同時又對這些意象保持一種『打破偶像的』態度。它今日斥為偶像者，正是它昨日奉為聖像者。黑格爾雖然把一切宗教符號貶抑到表象的層次，但卻清楚覺察當中有一種否定的驅力，使宗教反對它自己的意象」（Louis Dupré，1996：160）。宗教的意象性語言弔詭的自我「宣示」所謂實在界或終極真理的不在場；同樣的，詩的意象性語言也等於不敢保證相關旨意的表達可以成功。因此，「自我逃避」也就成了一種戲玩意象的修飾詞，它終究要跟生命解脫的課題連結在一起（周慶華，2007a：125）。此外，明知可以達意卻刻意避開（丟下意象走人）以為逃脫他人的追問或逼仄，這就更深戲玩意象而可以併陳為生命解脫的形式。

顯然詩的意象化在審美經驗中必要獨標一類，這背後是有「辛苦經營」過程的。換句話說，即使詩的存在也跟其他文類／學科的存在一樣沒有什麼先驗性（儘由權力欲望所終極促動左右），但它的「位階」明顯已經授權文人階層所賦予而進駐文化的精緻面領域；而這跟泛泛的語言成品或其他非詩的作品自然就要在有無「刻意摶造」或「別為鍾情」上拉開距離。

二、從抒情到創新世界

詩的這種獨樹一幟的心理審美和生命解脫風格，在「跨域升沈」中還會有一些系統內的變數。也就是說，同樣是詩，表現看似沒有什麼不同了，其實它們仍會緣於文化背景的差異而各有偏向；而這一偏向所徵候的是相異文化背景中人的心理審美和生命解脫不能不有內在的質差，以至總詩觀為一而內質取向則有偏強／偏弱或偏外／偏內的分別。試看下列兩首詩：

黃鶴樓　崔顥

昔人已乘黃鶴去
此地空餘黃鶴樓
黃鶴一去不復返
白雲千載空悠悠
晴川歷歷漢陽樹
芳草萋萋鸚鵡洲
日暮鄉關何處是
煙波江上使人愁
（清聖祖敕編，1974：1329）

十四行詩（二） William Shakespeare

四十個冬天將圍攻你的額角，
將在你美的田地裏挖淺溝深渠，
你青春的錦袍，如今教多少人傾倒，
將變成一堆破爛，值一片空虛。
那時候有人會問：「你的美質——
你少壯時代的寶貝，如今在何方？」
回答是：在你那雙深陷的眼睛裏，
……
那你就活用了美，該大受頌揚！
你老了，你的美應當恢復青春，
你的血一度冷了，該再度沸騰。
（方平等譯，2000：216）

前一首被譽為唐代七言律詩的壓卷之作（嚴羽，1983：452）且連詩仙李白都嘆服不已（楊慎，1983：1003），但也僅止於「斂形」式的描景寫情寓事寄意罷了（重點在情意；景事則為寫寄象徵所選用的意象）。後一首則顯得聯想翩翩（光前四句就遍採隱喻、換喻、借喻和諷喻等比喻技巧），儼然一副奔放自如且「主導權在我」的樣子。這種「抒式」有別而不便混同看待，就是所謂主要的系統內的變數。

系統內的變數，嚴格的說無法只從表出形式去理解它的「所以然」，而得另外尋索或許才有可能深契。而這依東西方詩學傳統所顯現的差別來勘察，則約略可以知道：西方人所信守的創造觀這種世界觀，預設著天國和塵世兩個世界，不啻提供了他們可以「遙想」或「揣測」的廣大空間，以至發展出了極盡馳騁想像力式的文學傳統；而東方的中國人所信守的氣化觀這種世界觀和印度佛教徒所信守的緣起觀這種世界觀，則分別預設著精氣化生流轉的單一世界和另有超脫趨入的絕對寂靜的佛境界（僅為生沒有生的感覺／死沒有死的感覺的解脫狀態；截然不同於創造觀型文化中的天國），而少了可以遙想或揣測的廣大的空間，以至儘往內感外應和逆緣起解脫的途徑去形塑各自的文學傳統（周慶華，2008a：157～161）。當中緣起觀型文化這一系但以文學為筌蹄，不事雕飾華蔚，比較「乏善可陳」；剩下氣化觀型文化一系自鑄異貌，而足可跟前者在思維上對比逞能。

依照西方人的說法，詩的思維是一種非邏輯的思維；它以近於野蠻人的「創思」，大量運用隱喻、換喻、借喻和諷喻等技巧來傳達情意（L. Lévy-Brühl, 2001；C. Lévi-Strauss，1998）。這就跟我們所見的馳騁想像力的現象相一致，而可以解釋西方古來流派創新不斷的根本原因（也就是競相馳騁想像力就會有「進路」不一而迭出異采）。反觀中國傳統因為「視域拘限」而一逕往吐屬盡關現境（靈界和現實界所共在）的途徑伸展，導致「藉物喻志」專擅於象徵的方式始終如一，並不像前者那樣形式一波翻新又一波而充分顯現出「取譬成性」的特色。

彼此都在規模詩的樣態，一長於比喻，一長於象徵，使得詩的國度不再是「一副面貌」可以形容盡。前者（指長於比喻），西方人習慣「獨佔」式的說那是緣於詩性思維的需求（Giambattista Vico，1997；Hayden White，2003），它以各種比喻手段來創新事物，從而找到寄寓化解人／神衝突的方式（也就是試圖藉由詩創作來昇華人性終而解決人不能成為神的困窘的「化解」跟神性衝突的一種作法）。如「無色的綠思想喧鬧地睡覺」、「她拳頭般的臉緊握在圓形的痛苦上死去」和「時間的熾熱一直持續到睡眠為止」

等等，這些讓語言學家和哲學家無法捉摸語義的「非正常」的句子（Raymond Chapman， 1989：1～2；Peter A. Angeles， 2001：59），卻成功的隱喻創新了一個有關「茂長的思緒」、「死亡的絢美」和「無止盡的煩躁」等感性的世界。像這種情況，所締造的勢必是一波又一波的創新風潮。它從前現代寫實性的詩奠定了「模象」的基礎，再經過現代新寫實性的詩轉而開啟了「造象」的道路，然後又躍進到後現代解構性的詩和網路時代的多向詩展衍出「語言遊戲」和「超鏈結」的新天地，這中間都看不出會有「停滯發展」的可能性；而西方人在這裏得到的已經不僅是審美創造上的快悅，它還有涉及脫困的倫理抉擇方面的滿足，直接或間接體現作為一個受造者所能極盡「回應」造物主美意的本事（周慶華，2007a：15～16）。

至於後者（指長於象徵），則可以歸結為情志思維為「隱微見意」所造成的。而所謂情志思維，是指純為抒發情志（情性或性靈）的思維，它的目的不在馳騁想像力而在儘可能的「感物應事」。因此，相對於詩性思維，情志思維很明顯就少了那麼一點野蠻／強創造的氣勢；它幾乎都從人有內感外應的需求去找著「詩的出路」。而這無慮是氣化觀底下以為回應所專屬的「綰結人情／諧和自然」的文化特色使然（因為氣化成人，大家如「氣」聚般的糾結在一起，必須分親疏遠近才能過有秩序的生活，以至專門致力於經營良好的人際關係或無意世路以為逆向保有人我實存的自在，也就勢所必趨，並且也因此而有別於西方社會那種神／人能否契合的恆久性關懷；而同樣都是氣化，萬物一體，當然就不會像有受造意識的西方人那樣為達媲美神的目的而窮於戡天役物）（周慶華，2007a：16～17）。它本是自足的，但因為近百年來敵不過西詩外來的衝擊，所以就逐漸「退藏於密」而不再發揮影響力。這麼一來，世人也快淡忘了曾經還有一種異質詩的存在（詳後）。

由於情志思維不像詩性思維那樣衍化出多波新變的詩潮，所以相關的藝術形式就會約束在一個「為情造詩」的高度自制的有限的美感範疇裏。換句話說，它僅以有「情志」才鋪藻成篇（雖然有時也不免要「為詩造情」一番），在取向上就不是詩性思維式的可以「窮為想像」。有人觀察到中西方（寫實性）的抒情詩所具體呈現的思維各有主流／支流的不同：

> 合唱歌詞在希臘悲劇中並沒有居於主要地位，並沒有像中國抒情詩在元明戲劇中那麼獨佔鰲頭；中國每一部元明戲劇幾乎是幾千幾百首名詩組織起來的……所以當希臘人一討論文學創作，他們的重點就銳不可當的壓在故事的布局、結構、劇情和角色的塑造上。兩相對照，中國的作法很不同。中國古代對文學創作的批評和對美學的關注完全拿抒情詩為主要對象。他們注意的是詩的本質、情感的流露以及私下或公眾場合的自我傾吐。（陳世驤，1975：35）

但西方抒情詩在該文學傳統中的「別調」現象，卻不是我們所能想像的已經可以等同於情志思維的「異地並現」；它的「激情」演出以及「衝突／矛盾」的情節安排等僅「差一級次」的奔迸暴露的表現，還是詩性思維式的。所謂「（抒情詩）可以有相互對照的主題，也允許詩人的態度發生變化、甚至達到自我矛盾的程度。儘管如此，它還是以激情而不是以理智為主要特點」，而「在抒情詩人的眼中，生活不是由彼此關連而且已有定評的經驗構成，而是由一系列強烈感覺的瞬間所組成。因此，抒情詩人在創作時傾向於使用第一人稱和鮮明生動的意象，並熱中於描述具有地方色彩的生活；而對傳授系統的知識、講述奇聞軼事以及表現抽象的思想等等卻不大感興趣」（Roger Fowler，1987：154～155），正道出了當中跟史詩「分工合作」的狀況（按：史詩在西方被歸於敘事性作品範圍；它以詩體敘事，相當逼近光譜上詩端），實在很難拿它來比配中國傳統抒情詩的「始終一貫」的內斂含蓄的審美特徵（周慶華，2008b：201～202）。

在這種情況下，詩的抒情功能，就有一支再跨向兼有凌空能動作用的創新世界上，使得詩從非詩的對立面躍出後又「自我流露」不能小覷的特殊標誌。這個標誌，以「從抒情到創新世界」在詩端再自成一道前進式的光譜：

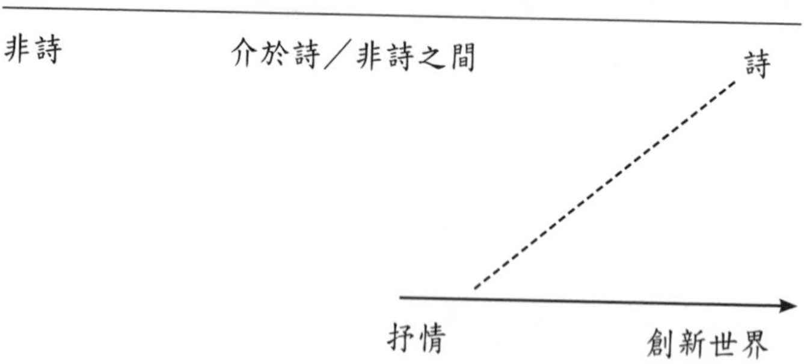

這一道前進式的光譜，不再有兩端相對立的現象（因為在這上面的都是詩）；它只有越向右越夾帶創新世界的成分。而這能夾帶創新世界成分的詩作表現，就是創造觀型文化所蘊蓄或支持的；氣化觀型文化終究要在左端繼續守著感物應事的抒情風格（而讓創造觀型文化去無止盡的開啟別樣另須的昇華人性的抒情風格且向創新世界端邁進）。彼此的這種質距，不妨透過下列兩首詩來說明：

迴旋曲　余光中

琴聲疎疎，注不盈清冷的下午
雨中，我向你游泳
我是垂死的泳者，曳著長髮
向你游泳
音樂斷時，悲鬱不斷如藕絲
立你在雨中，立你在波上
倒影翩翩，成一朵白蓮
在水中央
……
我已溺斃，我已溺斃，我已忘記
自己是水鬼，忘記你
是一朵水神，這只是秋蓮已凋盡
（余光中，2007：160～162）

女人的身體　Pablo Neruda

女人的身體，白色的山丘，白色的大腿
你像一個世界，棄降般的躺著。
粗獷的農夫的肉身掘入你，
並製造出從地底深處躍出的孩子。
……
但復仇的時刻降臨，而我愛你。
皮膚的身體，苔蘚的身體，渴望與豐厚乳汁的身體。
喔，胸部的高腳杯！喔，失神的雙眼！
喔，恥骨邊的玫瑰！喔，你的聲音，緩慢而哀傷！

我的女人的身體，我將執迷於你的優雅。
我的渴求，我無止盡的欲望，我不定的去向！
黑色的河床上流動著永恆的渴求，
隨後是疲倦，與無限的痛。
（Pablo Neruda，1999：16～17）

前一首白話新詩為此地詩人仿西方自由詩寫成的，僅以白蓮／泳者和水神／水鬼兩組意象的對列來象徵一場情愛不成的遺憾；這除了形式和西方自由詩類似，整體上還是傳統那一觸景生情／睹物思人的遺緒（並沒有創新什麼）。後一首為西方道地的自由詩，意象彩麗紛繁，將詩人所鍾愛的女子妝飾到難以復加；當中所借為隱喻該女子身體的「白色的山丘」、「苔蘚的身體」、「胸部的高腳杯」、「恥骨邊的玫瑰」等構詞，則不啻有意要創新一個引人迷戀的女子的形象。可見詩固然都在抒情，但所表出方式卻有跨域上的位差，直把詩的可能樣貌實在的拉出一道（前進式的）光譜來。

三、新詩的光譜

從獨樹一幟的心理審美和生命解脫到跨域升沈中所顯現的純抒情和兼創新世界的差異，詩的國度已經「大可量度」了。只不過那一道前進式的光譜繼續在延伸，而跨域上的位差也在凌駕／妥協的機制啟動後開始模糊化，導致前面相關的知解設定還不足以盛稱「了無餘韻」。換句話說，詩越往後發展就越見新裁競出和不同文化中人的影響焦慮所造成的美感傾斜等，都得再闢蹊徑來「光照引行」，以為繼起者知所殷鑑取則。

前節說過，中國傳統的氣化觀型文化和西方的創造觀型文化中的詩表現有質差，彼此很難在未經刻意學習下而相互過渡。但這一平衡局面從近代以來西方的創造觀型文化一支獨大且橫掃全世界，就很快的被打破了。原先那一內斂含蓄的情志思維逐漸退場，而時興向奔迸暴露並的詩性思維取經，整個詩的體製從格律化轉成白話新詩。而這白話新詩，相對於傳統格律詩來說，最明顯不同的是形式的自由化。它仿自西方的自由詩體（西方的一些格律詩如史詩體、亞歷山大體、十四行詩等，也被國人仿效過，但成績有限）（葛寧賢等，1976）而由二十世紀初一些文人所主意實踐提倡的（如胡適、周作人、康白情、沈尹默、傅斯年、周無、俞平伯、劉半農、陳獨秀、郁達夫、左舜生等，都有過白話新詩的創作，也極力參與「鼓吹」的行列）（朱自清編選，1990；鄭振鐸編選，1990）。雖然有部分人後來否定自己所作的白話新詩而再度寫起傳統文言格律詩（如周作人、沈尹默、俞平伯、劉半農、陳獨秀、郁達夫、左舜生等）（徐訏，1991：45），但都無妨於它已經形成一股風潮，逐漸地取代了傳統詩的地位。至今仍然是白話新詩的天下，傳統詩幾乎是走到臨界點了（周慶華，1999a：200～201；2008a：211～215）。

當初提倡白話新詩的人，有他們特定的見解，如「新詩所以別於舊詩而言。舊詩大體遵格律，拘音韻，講雕琢，尚高雅。新詩反之，自由成章而沒有一定的格律，切自然的音節而不必拘音韻，貴質樸而不講雕琢，以白話入行而不尚典雅。新詩破除一切桎梏人性的陳套，只求其無悖詩的精神罷了」（胡適編選，1990：324）、「形式上的束縛，使精神不能自由發展，使良好的內容不能充分表現。倘若想有一種新內容和新精神，不能不先打破那些束縛精神的枷鎖鐐銬。因此，中國近年的新詩運動可算得是一種『詩體的大解放』。因為有了這一層詩體的解放，所以豐富的材料、精密的觀察、高深的理想、複雜的情感等才能跑到詩裏去。五七言八句的律詩絕不能容豐富的材料，二十八字的絕句絕不能寫精密的觀察，長短一定的七言五言絕不能委婉達出高深的理想和複雜的感情」（胡適編選，1990：295）等，這都認為白話新詩形式自由、明白曉暢，比傳統詩更能表達人的思想情感。

大體上，早期「實驗性」的作品泰半都符合這種觀念，但越向後就越不盡然了（周慶華，1999a：201）。不僅現代派中有超現實主義一體專寫人的內心世界而使得詩作極為晦澀難解，還有後現代派中眾多後設體、諧擬體、博議體、符號遊戲體、新圖像體等試圖挑戰從前現代派到現代派的詩作而造成人和詩的疏離（孟樊，1995；2003）。這些「別有取則」從西方傳入後一渲染開來，風靡人心的程度並不下於早期那些寫實詩，而它已經不是過去的文人們所能追躡想像。雖然這整體表現仍是「形似」而「神異」（詳見前節），但約略上詩的抒情表式早已趨向單一化了。這自然是要把它當作一個警訊看待而亟思有所回歸「多元詩路」的世界，只是基於學術論辯的理由，還是得先將這一變故後所接軌的西方自由詩的狀況作一些條理，以便後續的議題討論有地方掛搭。

這如果用前節所述詩端的光譜儀來發論，那麼就可以說那一「前進端」的都是創造觀型文化中的詩表現所一路繁衍成的；它從前現代寫實性的模象詩演變到現代新寫實性的造象詩，再到後現代解構性的語言遊戲詩和網路時代多向性的超鏈結詩：

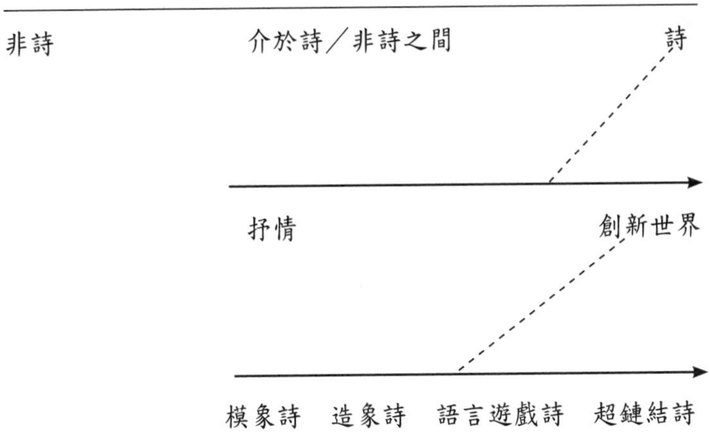

自從國人轉向西方取經後，這一道學派創新競奇的光譜也就成了白話新詩的光譜（儘管它的想像力還是難以大為開啟而使得相關的試驗性詩作看來無不「小人家一號」），從此在形式上沒有了自家面目。

就為著這一遠離傳統的表出方式，我們還要研究它和引為創作新典範，考慮的顯然不是它可以給我們增加榮光（對西方人來說不會肯定仿效他們的創作而給予什麼崇隆的獎賞；而對國人來說也無從藉由這種喪失自家面目的表現來沾沾自喜），而是究竟我們還有多少耐性來禁受尾隨別人而不確定未來的考驗，以及能否因此從中領悟希境而從新殺出重圍的信心和識見問題。換句話說，探討新詩的光譜既然不為它本身可以「超越西方」，那麼所圖的就僅僅是在一番廣為認知後的「冀有對策」以便新生罷了。

詩在西方，早就將它連到「神賜靈氣」而展開非比尋常的旅程：「值得注意的是希臘人自己賦予了『附身』更為寬廣的延伸解釋。藉著它，他們了解了靈感的所有現象，特別是有關寫詩的靈感。就文學的觀點，詩人最初在他作品的開端以詩來喚醒繆思時，必然已經了解，必須吟唱的是繆思女神，而不是詩人自己……詩人深信他無所創造而是另一者，繆思，藉由詩人的手來創造……這般的觀念……只能被解釋為承認了有創造力的藝術家的自發活動，跟他的作品之間並無任何關連，而他最完美的產出則是藉著神助才能獲致」（Harold Rosenberg，1997：97～98），這所關連的是爾後（基督教興起後收編古希臘的眾神信仰為單一神信仰）天國／塵世兩個世界對立所帶給詩人的無止盡遙想（在根本上西方人仍可以宣稱那也是緣於造物主的啟示）。相對的，轉到此地的仿效後，因不明究裏或內質難變而欲契無由就不再有類似的經歷，以至處處顯得拘謹小巧（內感外應慣了的必然表露）。且看底下這一由前現代寫實性的模象詩到現代新寫實性的造象詩和後現代解構性的語言遊戲詩（按：網路時代多向性的超鏈結詩但於網路上見奇，不便在紙面上舉實）的寫作光譜：

月光曲　紀弦

升起於鍵盤上的
月亮，做了暗室裏的
燈。

（白靈主編，2003：25）

鼓聲　碧果

●●●●●●●●●●

它

咬著什麼

走了。

（碧果，1988：163）

沉默　林羣盛

1ϕ CLS

2ϕ GOTO　1 ϕ

3ϕ END

　RUN

（張漢良編，1988：88）

這就表面現象來說，固然可以理解為「在紀弦的〈月光曲〉裹，所隱喻月亮的『燈』這個意象是語言，寫實性十足；到了碧果的〈鼓聲〉，意象變成了圖像〔由圓黑點來象徵人無妨對鼓聲的幾何新美感（鼓聲原為『爆裂』狀，現在改以幾何中最美的『圓形』列序，則無異在誘引讀者重蘊審美感興）〕，則新寫實性味濃；再到林羣盛的〈沉默〉，意象則全部符號化了，儼然是語言遊戲的極端表現。可以說越往後越漸轉異系統（指文學內部的異系統）為己系統以為『開新』的憑藉，終而也有了傳統所『不及』的偌多成就」（周慶華，2008a：157），但實際上它們都精鍊雅致有餘，而噴薄曠放不足。

別的不說，就以前現代寫實性的模象詩中愛情類的表現為例，西方人可以這般張揚迷狂的「極盡逞藝」：

我植物般的愛情會不斷生長，
比帝國還要遼闊，還要緩慢；
我會用一百年的時間讚美
你的眼睛，凝視你的額眉；
花兩百年愛慕你的每個乳房，
……
因為，小姐，你值得這樣的禮遇，
我也不願用更低的格調愛你。
（陳黎等譯著，2005：93引）

我將愛你，親親，我將愛你
直到中國和非洲相連
河流跳躍過山
鮭魚在街上唱歌。
……
七星咯咯大叫
如飛在空中的雁鴨。
（Anthory Stevens， 2006：193～194引）

像這類近於崇高或近於悲壯而讓人「兩相著魔」的情愛表現（被愛戀的人有如此繁複的麗美內蘊或外煥；而寫詩的人也有如此善於想像興感的造美手段），只有西方人擅長。反觀我們傳統中的人，就僅及「強忍思長」的階段：「蒹葭蒼蒼，白露為霜。所謂伊人，在水一方。溯洄從之，道阻且長。溯游從之，宛在水中央。蒹葭悽悽，白露未晞。所謂依人，在水之湄。溯洄從之，道阻且躋。溯游從之，宛在水中坻。蒹葭采采，白露未已。所謂伊人，在水之涘。溯洄從之，道阻且右。溯游從之，宛在水中沚」（孔穎達等，1982：241～242）、「長相思，長相思。欲把相思說與誰？淺情人不知」（唐圭璋編，1973：255）。這是稟自氣化觀這種世界觀而體現為「含蓄宛轉」的獨特優美風格的結果，彼此幾乎沒有可以共量的地方。而即使演變到現在詩體已經全自由化了，別人那一馳騁想像力的本事還是「契入無門」（因為難以體驗該一文化所蘊涵的信仰精神和實踐動力）（周慶華，2008a：163～164）。換句話說，到了頗受西方文化浸染的當今社會，在愛情詩的創作上相關的「熱情」和「逞異」尺度也沒放寬多少（其他類型詩的創作相仿）。如黃惠真〈願〉「我願意／端坐於一件青瓷面前／與他隔著玻璃／守候／／守到自己化為一種土／可以讓巧匠製成另一件／青瓷／放在他旁邊」（向明主編，2006：113～114）、林煥彰〈想妳，等妳〉「我在一個地方，想妳／有水聲、鳥聲、風雨聲、有／鋼琴伴奏的聲音……／／等妳，我把一顆跳躍的心／收藏在針尖之上，日日夜夜／孤孤單單，的等妳」（統一夢公園編輯小組企畫，2003：113）、鴻鴻〈上邪〉「我的耳垂在你口中，我的唇舌在你乳房，我的手掌在你腋窩，我的性器沈落在你體內一個不可測的深處。而我自己從未見過的背影，在你眼睛的風景畫片之中……」（陳義芝主編‧賞讀，2006：114～115）等，像這些都仍是「欲語還休」，並未能夠自我跨越過去（周慶華，2008a：214～215）；同時可以有的「高速聯想」的能事，似乎也缺乏方向啟動奔馳。

可見新詩的光譜雖然在「棄古趨新」後有要跟西方自由詩同步進展的趨勢，但因為「神異」已久而馴致「形似」終究成就有限（彼此都已成慣習，即使知道「道理」是這樣的人，也不見得在實踐上有辦法相跨越而真的「神似」起來）。這也使得談論這個課題的目的難免要遭受質疑。也就是說，既然一切仿效都「不見前景」了，那為什麼還要提它？這就碰觸到了重點！我們可以這樣想：正由於新詩創作這條路還頗多「晦暗」障蔽，所以才需要藉機把它掃除來看個究竟，並且進一步思索規模新徑的問題。

四、新詩寫作的方向

有關新詩的「來龍去脈」追究到這個地步，所要參與創作的接續的「價值抉擇」約略就有譜可按了。而倘若嫌「創作」一詞原為有神論所專用（意指比照上帝從空無中造成事物而來「使某些事物中產生一種原來沒有的新東西的行動」）（Walter M. Burgger，1989：135～136）而可能被收編「偏向一極」，那麼改稱較中性的「寫作」也無妨。

新詩的寫作，想在涉外發聲還欠「有效管道」的情況下出發，似乎也只有邊走邊計議了。因此，僅從「就事論事」的角度來談相關寫作的問題，那麼一種「低一級次」的交互的基進表現還是可以勉為藉機自我策勵一番。這裏姑且以夏宇一首題為〈閱讀〉的短詩為例：

閱讀

舌尖上
一隻蟹
（張默編，2007：5～6）

這乍看不難察覺它是用「蟹」的意象來隱喻人在閱讀時輕微

「嘴動搔思」的情況；但再細微一點的看，這所讀的恐怕是外文書才有這種感覺（蟹的橫行又隱喻著外文的「蟹形兼橫寫」狀）。因此，類似這種想像力倘若要運用來創新閱讀中文書的意象，那麼它就可以變成這樣：

閱讀
舌尖上
一顆彈珠

由於中文備有獨特的聲調可以發揮抑揚頓挫「挈情」的效果（周慶華，2008b：154～155），所以在閱讀的感覺上有一顆彈珠在舌尖上彈跳。而這如果換作佛教禪宗式的閱讀，那麼它的整體形態可能是這樣的：

閱讀
舌尖上
一粒柚子

這是從禪宗的「言語道斷，心行處滅」的觀念（周慶華，1999a：23～24）推出的。換句話說，禪宗的成佛前提在「不動一念」，而閱讀在那種情況下勢必是「以不閱讀為閱讀」，以至可以用柚子的「沉重」穩住而權為喻示一切都靜默了（況且柚子的外形還酷似僧人打坐時的樣子呢）。而不論如何，這種聯想翩翩的寫作向度已經不是自我傳統那一內感外應的審美感興所能比擬的（至於解離寫實的傳統那一部分如果也要開啟這類交互的基進表現，那麼受限於「體證」問題它的轉超越性將更難成形）；相關的寫作要站在那個立場衝刺，自然就得慎重評估（周慶華，2008a：160～161）。但不管怎樣，新詩寫作既然可以如上述「邊走邊計議」，那麼先依所從來的西式規範而更深廣化對它的認知，也就成了眼前要「姑且進取」的不二法門。

這總說是「新詩寫作的方向」的試為提點，細說則是該方向的具體化擇便。而這一擇便難免會因優先順序的考慮而暫且作一些「要項」的限定，以便有志於新詩寫作的同好隨機參鏡，以及一起來兼行探勘未來「更新」的道路。

依前面所理出的那一詩的思維模式（詳見第一節）來看，顯然它是特別適用或相應有前進式光譜的新詩的。這麼一來，所謂具體化的新詩寫作的方向，也就可以從中思議規模了。換句話說，詩的基本成分「能表」為意象和韻律，而「所表」為情意，這些都需要細究來圖繪理則；至於進一步涉及學派競奇的部分，從現代派以下因為有「製造差異」的特殊經驗，所以緊接著廣加索驥以為「知所前進」的途徑的憑藉，也就不言可喻了。

第二章　中西詩觀的對比及其突破

一、一個半新不舊的論述模式

中西文學的差異，論者多能指陳歷歷，如有的就形式特徵而說中國文學重抒情／西方文學重敘事（陳世驤，1975；高友工，2004）；有的就技巧特徵而說中國文學較少變化／西方文學較多變化（馮錫瑋，1995；陳平原，1990）；有的就風格特徵而說中國文學內斂含蓄／西方文學奔迸暴露（梁啟超等，1981；古添洪等編著，1976）等等，這些都可以有效的區別中西文學的不同。但所論也僅止於表面現象的分疏而已；一旦要進一步追究「何以會如此」，那就還礙難想及或偶爾碰觸到了卻無法深入。

這種情況的「補救」式思考得從詩入手。詩的最具藝術性格的精鍊性語言，一向被認為是文學的代表（或說文學是以詩為範本）（王夢鷗，1976：12～13）；而它在中西方的「源流」則各有專擅，以至出現了形式一重抒情一重敘事、技巧一較少變化一較多變化和風格一內斂含蓄一奔迸暴露等表面現象上的歧異。這類歧異的分辨，除了可以獲得文學史探本考鏡上的知識，還可以從中思索文學交流出奇的問題，是一件在目前文學發展陷入一片混沌局面來說「刻不容緩」要去致力的急迫事。

大體上，詩在西方傳統為「詩性思維」所制約，而在中國傳統則為「情志思維」所制約，彼此一傾向「外衍」一傾向「內煥」；馴致外衍的恣肆宏闊而有氣勢磅礡的史詩及其流亞戲劇和小說等的賡續發皇，而內煥的精巧洗鍊而有抒情味濃厚的詩歌及其派典詞曲和平話等的另現風華。這在論者相關的書篇裏，也不乏各有揭發（朱光潛，1982；葉維廉，1983；豐華瞻，1993；李達三等主編，1990；曹萬生，2003）；但要論及彼此為何會有這類的思維模式及其流變趨向，則又深受障蔽，始終不見一併看透發微。因此，本章要在這個環節上重開思路，也就有「後出轉精」的意味而可以成就一個「半新不舊」的論述模式。

二、兩種「詩」的思維再度爭鋒

如果說數百年來中西文學的交涉對比提供了比較文學界足以從事影響研究、平行研究和跨科研究的機會（劉介民，1990；曹順慶等，2003），那麼這裏要再另闢蹊徑而導出中西文學再度較勁的必要性。換句話說，中西詩觀及其實踐方式幾乎是不可共量的，而相關的「平行」對比研究目的不在藉機相互取鏡而在各自尋求系統內的突破；這樣兩種詩觀就勢必要在可見的未來再一次的爭鋒，成為我們特該關心的一件「文壇大事」。

這就得從兩種不同的「詩」的思維說起。在西方，從Plato、Aristotle以降，都把詩定位在「模仿」（不論是模仿人生事件還是模仿內心世界或是模仿碎裂的資訊社會情狀）；而模仿的「藝術轉化」所以可能，就在它是一種非邏輯的思維。這種非邏輯的思維，Giambattista Vico特別稱它為「詩性的思維」（詩性的智慧）：「因為一切事物在起源時一定都是粗糙的」；因此，我們就得把詩性的思維的起源「追溯到一種粗糙的玄學。從這種粗糙的玄學，就像從一個軀幹派生出肢體一樣，從一肢派生出邏輯學、倫理學、經濟學和政治學，全是詩性的；從另一肢派生出物理學，這是宇宙學和天文學的母親，天文學又向它的兩個女兒，就是時歷學和地理學，提供確鑿可憑的證據，這一切也全是詩性的」（Giambattista Vico， 1997：175）。這是假定人稟自神的特性後開始「進化」的前階段表現，當代又有人稱它為「原始的思維」或「野性的思維」（L. Lévy-Brühl，2001；C. Lévi-Strauss，1998）。而不管是怎樣的稱呼，它都體現了一種神學思想下人／神置換機制匱乏的「心理掙扎」。而這種掙扎，終於導致一些神學詩人「如何透過他們的自然神學（或玄學）想像出各種神來；如何透過邏輯功能去發明各種語言；如何透過倫理功能去創造出英雄們；透過經濟功能去創建出家族；透過政治功能去創建出城市；透過他們的物理功能去確定出各種事物的起源全是神性的；透過專門研究人的物理功能，在某種意義上創造出人們自己；透過宇宙功能為他們自己創造出一個全住著神的世界；透過天文把諸行星和星羣從地面移升到天上；透過時歷使經過測量的時間有了一種起源；又如何透過地理，例如希臘人，把全世界都描繪為在他們的希臘本土範圍之內」（Giambattista

Vico，1997：175～176）。

至於在中國，則始終把詩定位為內在「情志」（情性或性靈）的抒發。所謂「詩者，志之所之也。在心為志，發言為詩。情動於中，而行於言；言之不足，故嗟嘆之；嗟嘆之不足，故永歌之；永歌之不足，不知手之舞之足之蹈之也」（孔穎達等，1982：13）、「詩者，持也，持人情性」（劉勰，1988：3090）、「詩者，吟詠情性也」（嚴羽，1983：443）等等，就是在說這個道理。而這可以特稱為「情志的思維」；情志的思維目的不在馳騁想像力而在儘可能的「感物應事」。所謂「氣之動物，物之感人，故搖蕩性情，形諸舞詠……若乃春風春鳥，秋月秋蟬，夏雲暑雨，冬月祁寒，斯四候之感諸詩者也」（鍾嶸，1988：3147）、「屈平疾王聽之不聰也，讒陷之蔽明也，邪曲之害公也，方正之不容也，故憂愁幽思而作〈離騷〉」（司馬遷，1979：2482）、「大凡物不得其平則鳴。草木之無聲，風撓之鳴；水之無聲，風蕩之鳴，其躍也或激之，其趨也或梗之，其沸也或炙之；金石之無聲，或擊之鳴。人之於言也亦然，有不得已而後言，其歌也有思，其哭也有懷」（韓愈，1983：136）、「夫文生於情，情生於哀樂，哀樂生於治亂。故君子感哀樂而為文章，以知治亂之本」（董浩等編，1974：6790）等等，這所提到的人因外物的刺激而舞詠陳詩、因身世的坎壈而憂懷賦詞、因心有不平而疾詞鳴冤、因治亂不定而情切摛文等等，都展現了共系統的同一個理路（周慶華，2004a：198）。因此，相對詩性的思維來說，情志的思維很明顯就少了那麼一點野蠻／強創造的氣勢；它完全從人有內感外應的需求去找著「詩的出路」。

三、詩性思維與西方文學傳統

詩性的思維，在Giambattista Vico那裏是略帶貶意的；它起源於人類推理能力的欠缺而產生的，是異教徒猜測或預言眾天神的旨意而成就的（Giambattista Vico，1997：186～188）。這自然是一神教徒的偏見；後人在檢視這類思維成果時並不都順著Giambattista Vico論點，反而當它是跟人類的邏輯智慧併存的一種思維能力（L. Lévy-Brühl，2001；C. Lévi-Strauss，1998）。換句話說，詩性的思維透過隱喻、換喻、借喻和諷喻等手段來創新事物，而這種創新表現正是每一個人都具有的潛能（Hayden White，2003；Tzvetan Todorov，2004）。

西方人所見（信守）的詩性的思維，體現在「詩」裏的，無異就是可以使不可能的東西成為可能：「跟《愛麗絲夢遊奇境記》中的白皇后一樣，詩人在早餐之前可以相信六件不可能的事為可能的。下面是我所開列的詩歌使它成為可能的各種學理上的不可能：（一）字面不可能；（二）非我存在的不可能；（三）做前所未有之事的不可能；（四）改變不可改變事物的不可能；（五）等同對立雙方的不可能；（六）完全翻譯的不可能。詩運用包括比喻和想像的聯想跳躍在內的許多手段使這些不可能成為可能」（Philip J. Davis等編，1992：284）。如「無色的綠思想喧鬧地睡覺」、「她拳頭般的臉緊握在圓形的痛苦上死去」和「時間的熾熱一直持續到睡眠為止」等等，這些讓語言學家和哲學家無法捉摸語義的「非正常」的句子，卻成功的隱喻創新了一個有關茂長的思緒、死亡的絢美和無止盡的煩躁等感性的世界（詳見前章第二節）。

詩人的這一創新能力，所開展出來的藝術形式，無形中就統攝了舞蹈、音樂和戲劇等藝術種類。所謂「在考慮詩歌可能具有的某些固有的不可能性時，我們必須記住，希臘人賦予三繆思（埃拉托

／愛情詩，歐忒耳珀／抒情詩，卡利俄珀／史詩）掌管的這一藝術形式，從一開始就是跟舞蹈、音樂和戲劇而不是日常談話緊密連繫在一起的」（Philip J. Davis等編，1992：282），這一「連繫」說在往後的發展並沒有兩樣，其他的藝術都同稟著一個詩性的思維在比喻象徵感性的世界；而西方人就這樣代代相傳的從詩性的思維裏找到他們寄寓化解人／神衝突的方式。

所以說西方人從詩性的思維裏找到他們寄寓化解人／神衝突的方式，不僅是有些論者所指出的略見於神話傳說（多由古希臘的史詩所蘊涵）（Veronica Ions，2005；羅青，1994），它還全程貫串著一部西方的文學史（Malcolm Bradbury，2007；Harold Bloom，1998；鄒郎編著，1985）。而這種試圖藉由文學創作來昇華人性終而解決人不能成為神的困窘的「化解」跟神性衝突的作法，所締造的就是一波又一波的創新風潮。這些風潮從前現代的寫實性作品奠定了「模象」的基礎，再經過現代的新寫實性作品轉而開啟了「造象」的道路，然後又躍進到後現代的解構性作品和網路時代的多向性作品展衍出「語言遊戲」和「超鏈結」的新天地（周慶華，2002；2003；2004a），這中間都看不出會有「停滯發展」的可能性；而西方人在這裏得到的已經不只是審美創造上的快悅，它還有涉及脫困的倫理抉擇方面的滿足，從而體現作為一個受造者所能極盡「回應」的本事。

我們知道，詩性的思維在早期的表現以直接用來處理人／神衝突而見於史詩和兼攝的戲劇為主調；文藝復興以後，「人文主義」抬頭（神暫時退場），開始改變片面模擬而致力於「仿作」以媲美神造物的風采，於是有強調情節、布局、人物刻劃和背景渲染等寫實小說的興起以及轉移焦點到關注人和自我性格的衝突或人和社會體制的衝突的近代戲劇的進展（Friedrich W. Nietzsche，2000；

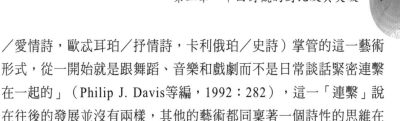

Umberto Eco，2000；葉長海，1990；趙如琳，1991）。當中越見理性的邏輯結構（包含幾何觀念的運用、語理解析的強化和因果原理的發揮等等），並沒有消減詩性思維的光芒（也就是它仍然保有大量隱喻、換喻、借喻和諷喻等藝術形式）；反而因為「這一結合」而更加凸顯進化觀的「必然推演」（也就是近代小說和戲劇的出現，所相應於人文主義的發展正好印證了西方人所信守的進化觀的「過渡」或「搬演」狀態），詩性的思維依舊維持在該文化傳統裏「一樣顯赫」的位置。爾後現代派的前衛詩和超現實小說或魔幻小說以及荒誕劇等（Harold Rosenberg，1997；鄭樹森，1994；柳鳴九主編，1990），不過是把模象轉向造象以為超越傳統的窠臼而已；它的「未來感」還是夾纏著濃厚的詩性思維在起另類聯想的作用。至於以解構為能事的後現代派的遊戲性的詩／小說／戲劇以及崇尚超鏈結的網路時代的多向性（兼互動性）的詩／小說／戲劇等（Ihab Hassan，1993；Paul de Man, 1998；Martin Dodge等，2005；鍾明德，1995；鄭明萱，1997；葉謹睿，2005），也是在同一個文化氛圍裏「力求新異」的表現罷了；它的「虛無」化依然無法不依賴詩性思維來作最後的調節或折衝。

四、情志思維下的中國文學的流變

反觀情志的思維，就沒有前者那樣衍化出「波瀾壯闊」的文學場景；它僅以有「情志」才鋪藻成篇（雖然有時也不免要「為文造情」一番），在先天上就不是詩性思維式的可以「聯想翩翩」或「窮為想像」。因此，相關的藝術形式就會約束在一個「為情造文」的高度自制的有限的美感範疇裏。

有人觀察到中西方的抒情詩所具體呈現的思維各有主流／支

流的不同：「合唱歌詞在希臘悲劇中並沒有居於主要地位，並沒有像中國抒情詩在元明戲劇中那麼獨佔鰲頭；中國每一部元明戲劇幾乎是幾千幾百首名詩組織起來的。荷馬式的頌詞或警句並沒有布滿了整篇史詩；反觀中國抒情詩，在傳統小說中它幾乎到處都是。有一點很有趣，那就是希臘哲學和批評精神把全副精力都貫注在史詩和悲劇上，以至於亞里斯多德在他的《詩學》第一章第六、七節裏說用抑揚格、輓歌體或其相等音步寫成的抒情詩『直到目前還沒有名字』。另一方面，希臘史詩和戲劇又迫使當時的美立克詩放不出光彩；所以當希臘人一討論文學創作，他們的重點就銳不可當的壓在故事的布局、結構、劇情和角色的塑造上。兩相對照，中國的作法很不同。中國古代對文學創作的批評和對美學的關注完全拿抒情詩為主要對象。他們注意的是詩的本質、情感的流露以及私下或公眾場合的自我傾吐。的確，聽仲尼論詩，談詩的可興、可怨、可觀、可羣，我們常不敢斷定他講的是詩的意旨或詩的音樂。對仲尼來說，詩的目的在於『言志』，在於傾吐心中的渴望、意念或抱負。所以仲尼著重的是情的流露；情的流露就是詩的『品質說明』」（陳世驤，1975：35～36）。但西方抒情詩在該文學傳統中的「別調」現象，卻不是我們所能想像的已經可以等同於情志思維的「異系統並現」；它的「激情」演出以及「衝突／矛盾」的情節安排等僅「差一級次」的奔迸暴露的表現，還是詩性思維式的。所謂「（抒情詩）可以有相互對照的主題，也允許詩人的態度發生變化、甚至達到自我矛盾的程度。儘管如此，它還是以激情而不是以理智為主要特點」，而「在抒情詩人的眼中，生活不是由彼此關連而且已有定評的經驗構成，而是由一系列強烈感覺的瞬間所組成。因此，抒情詩人在創作時傾向於使用第一人稱和鮮明生動的意象，並熱中於描述具有地方色彩的生活；而對傳授系統的知識、講述奇聞軼事以及表現抽象的思想等等卻不大感興趣」（Roger Fowler，1987：154～155），正道出了當中跟史詩「分工合作」的狀況，實在很難拿它來比配中國傳統抒情詩的「始終一貫」的內斂含蓄的審美特徵。

中國傳統這種情志的思維，從詩經以下到楚辭、樂府詩、古體詩、近體詩、詞、曲等等，都緊相體現著（差別只在形式、格律等外觀上的前後稍事變化罷了）；而受佛教講唱文學影響且結合詞曲而摶成的雜劇／傳奇以及承繼傳統說書藝術而更精銳發展的平話／小說等（周慶華，1999a；胡士瑩，1983），也無不深為蘊涵。即使是較後出且紛紛為憤激或為勸懲或為諷刺而作的長篇章回小說（俞汝捷，1991；周啟志等，1992；齊裕焜等，1995），也依舊不脫「抒情」的範疇。而這一抒情，在「內煥」的過程中，不論是為「用世」的還是為「捨世」的（前者是儒家式的；後者是道家式的），它都勢必會有一個「精雕細琢」洗鍊相關思維脫俗的程序；以至所見品類日增細碎而情采更加粲備，直如氣脈流注，響應不絕。而不了當中「情繫人心」至關重要情志思維的內煥性的人，難免就會以詩性思維的外衍構事作風來衡量而所論「不得其平」。好比當年開啟考證新紅學的胡適，就曾經批評過普遍獲得肯定的曠世鉅著《紅樓夢》「不是一部好小說，因為沒有一個完整的故事」（周策縱，2000：62）；殊不知以「事」見長是西方人稟自詩性思維才有的實踐成果，如何也對不上全在「人」情下功夫的情志思維，而喝過洋水的胡適恰巧跟一些礙難欣賞《紅樓夢》一書的西方人（姜其煌，2005）一樣從頭到尾都錯看了。類似的情況，還發生在一些頗以中國產生不了西方的悲劇為憾的人身上（劉燕萍，1996；熊元義，1998）。他們同樣忽略了西方戲劇「比較明確地圍繞事件展開，以『事件中心』為原則，戲劇中的一切要素：人物、結構、語言、行為，都為事件服務」，而中國戲劇「則多數圍繞人物展開，以人物情感為中心，著意於人物在戲劇中的感情變化，透過寫情展示人物的內心和社會背景下的人際關係」（徐志嘯，2000：84～85）；馴致後者的悲感就無緣藉「事」廣蘊而成，最後只是維持一個自制收斂的「情」感而已。

五、各自尋求出路的展望

統觀中西文學在先天上已經不可共量，而在後天上是否可以融通也不無疑問。理由是西方文學從前現代的模象走到了現代的造象和後現代的語言遊戲以及網路時代的超鏈結，相關的形式、技巧和風格等都一再的翻新求變；而海峽兩岸的中國人從上個世紀初起棄捨了既有自我專屬的抒情寫實的道路而改崇尚西方的創作的模式，卻因為「內質難變」和「效外無由」而至今還是沒有一種體裁不「小人家一號」（形同「追趕不及」或「超前無望」）（周慶華，2004c）。至於西方人長久以來雖然不乏接觸中國文學的機會（林水福等，1999；徐志嘯，2000；李岫等主編，2001），但由於「文化障礙」及其「霸權心態」作祟，也依然難見「深受影響」的成效。後者甚至還有人不諱言「西方人很少有欣賞東方文學的，中國和日本的詩人在西方的讀者也為數不多」（L. James Hammond，2001：43），這就問題嚴重了。

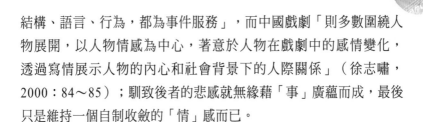

如果說文化相涵化是跨文化交流最終的歸趨，那麼我們原也該樂見這種「平衡」的發展；但現在實情卻不是這樣，不僅西方文化一直在獨霸傾銷，而且還無意正視他者文化的正當性，輾轉「混淆視聽」久了就變成大家必須無條件臣服在它的威懾下。因此，各自原有的文學傳統，都齊一「萎縮」或「棄置」的來迎合西方的文學潮流；高格造物主的榮光是普曜全世界了，但從未有造物主介入

的其他具異質色彩的文學風華卻也不再了。這種轉變，自然是西方文化「強凌」和他者文化「妥協」所造成的；而舉世無從重返「自由知解」的情境，也不能不致隱憂。換句話說，世界現存的三大文化體系（包括西方的創造觀型文化以及東方的中國傳統的氣化觀型文化和印度佛教所開啟成就的緣起觀型文化等），在它們各自發生演變的歷程，本來都享有充分「自主」的空間；但自從近代西方科技文明興起後（隨著殖民主義／帝國主義）逐漸橫掃他方世界，導致他方世界棄保的棄保、委屈求全的委屈求全，始終都無法跟西方世界分庭抗禮（周慶華，1997a；1997b；2000a；2000b；2002；2005；2006）。而這種現象的持續「虛無」下去，難保不會造成西方人「不勝扶持」非西方人的悲劇。

我們知道，西方世界所以能夠造就昌盛的科技文明，全是有一神信仰的緣故；而該神萬能造物本事的假定所影響的已經遍及文化各個領域（不是只有科技而已），所有被「感召」的人都極力在仿效以為媲美神（至少也是為了榮耀神），以至我們在看到Johann Sebastian Bach所說的音樂創作的終極目標「就是榮耀上帝、修補靈魂」以及西方人經常要不擇手段的把文學產業化（如大仲馬「他身後有一批固定的捉刀人，隨時備好稿子，只待大仲馬簽名發表。當時坊間就流傳這樣的笑話，大仲馬問同為小說家的兒子：『你看過我最近的大作嗎？』小仲馬回答：『沒有，爸爸你?』」）（David Throsby，2003：138、139），也就不足為奇了。像這種文學／藝術創作都可以跟造物主連上關係（文學產業化部分是兼牟利傲人和榮耀上帝的「一箭雙鵰」的作法），豈是沒有單一神信仰的他方世界的人所能模仿深著的？這一點，如果再拉回正在對比中的中國傳統，它的「精氣化生」觀念所摶塑的著重「綰結人情／諧和自然」的文化特色（因為氣化成人，大家如「氣」聚般的糾結在一起，必須分親疏遠近才能過有秩序的生活，以至專門致力於經營良好的人際關係或無意世路以為逆向保有人我實存的自在，也就「勢所必趨」；而同樣都是氣化，萬物一體，當然就不會像有受造意識的西方人那樣為達媲美神的目的而窮於戳天役物）（周慶華，1997b；1999b；2001a），本來是自足的；只因為一百多年來敵不過西方文化，從此就「退藏於密」而不再發揮應世的功能。這麼一來，大家就會漸漸淡忘曾經還有一個異質文化的存在（至於歷史上佛教從印度傳到中土而被吸收／轉化一部分「相近」的東西，稍微改變了中國傳統文化的格局，那又另當別論）。

比如說，過去大家所解釋不清的中西文學差異的內在原因（總是不脫民族性／宗教信仰一類解釋模式）（梁啟超等，1981；古添洪等編著，1976；Francois Jullien，2006），現在我們就可以把各自的世界觀帶進來從新發落（西方文學內蘊的詩性思維固然由西方人的宗教信仰形塑的世界觀所致（古希臘時代的諸神信仰中所見的「主神」造物觀念，後來被基督教的一神信仰所收編），但中國文學內蘊的情志思維卻只是由泛神信仰轉來的世界觀所摶成（僅以精氣形態存在的眾神和由精氣化生的眾人是同一位階的，差別只在一方沒有肉體一方有肉體而已））。也就是說，中國傳統的氣化觀肯認的陰陽精氣聚合化生萬物，在別無可以「越級連結」的情況下，就只能全力關注人倫而連帶蘊蓄出情志思維以為開啟抒情性的文學藝術的旅程；而西方傳統的創造觀執意的神創造萬物，將人／神分成兩橛所勾出的「巨大空間」，正好成了西方人發揮詩性思維以為探取構設敘事性的文學藝術國度的機會。這縱使無法再進一步追溯各自的信仰「緣何而來」（也許是偶然分化而成；也許是別有原因導致），但它們在形塑文學的傳統上各有源流卻是不容否認或不容視而不見的事實。

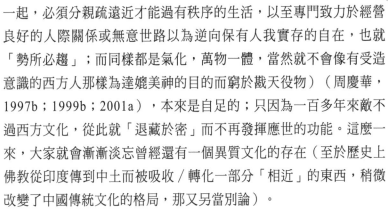

雖然如此，這種本是多樣美感特徵併存的現象還是從當今的時空坐標中消失了，只剩下一些不再廣為流傳的相關的文獻在沉默的召喚不知何時才會再有的「鄉愁」。但話說回來，一枝獨秀的西方文學又保證了什麼？前面提到西方文學隨著文化的其他領域一路狂飆迄今「看不出會有『停滯發展』的可能性」（詳見第三節），其實不是出於肯定或禮讚，而是基於現象描述的需求而不得不然；它的無從預期衍變突進的方向，已經帶給人像面對地球的資源被耗用而逐漸邁向能趨疲（entropy）臨界點那樣的不確定感。所謂「早期基督徒設想的天國，是『靈魂』完全擺脫肉體弱點困擾的地方。現今的網路族傲然聲稱，在這一『（數位）世界』裏，我們將豁免生理形體帶來的一切侷限和尷尬」（Margaret Wertheim，2000：2），但這種「歡呼勝利」的背後卻是一個舉世同蹈不可再生能量即將趨於飽和這條不歸路的難堪情景；文學人也跟著遁入網路世界想要找尋出路，豈不是「窮奢過望」？難可久恃的苦果也已經可以預見。那麼再突破又如何？對照西方人過往的「勇猛精進」，這是可能的；但仍舊無法確保它不會像現在這樣反噬人類和諧多元美感的根基。

在這裏並無意主張西方人改弦易轍，從新自我調整詩性思維的向度或從別的文化傳統裏汲取智慧來汰質換裝（這難度太高了），只深切的期待他們適時的收斂自制而還給他方世界自由回歸既定傳統的空間。以中國原來所習慣的情志思維來說，它的「新變」欲求也時有所聞〔如「名理有常，體必資於故實；通變無方，數必酌於新聲。故能騁無窮之路，飲不竭之源」（劉勰，1988：3118）、「作者須知復變之道：反古曰復，不滯曰變」（郭紹虞，1982：211引皎然語）、「蓋文體通行既久，染指遂多，自成習套。豪傑之士亦難於其中自出新意，故遁而作他體以自解脫。一切文體所以始盛終衰者，皆由於此」（王國維，1981：25）等等，都是同一取徑〕；但這種新變改革的只是不具「侵略」性的外貌，並未牽動抒情的本質，以至它在面臨西方文學以事功誘惑激盪時顯得無力予以「還擊」。而不意如今又節節敗退到要處處仰人鼻息（人家只要創設了一種新的文學品類或發明了一種新的傳播媒介，就立刻羣起效尤而完全不知道這類舉動究竟有什麼意義），顏面盡失不說，還成了人家無關緊要的附庸而恐怕再也翻不了身（特指追隨路上所預見的命運）。而從這個角度看，倘若這種無助於世界「長治久安」的遺憾事不宜久駐的話，那麼勉力重返原先所屬的抒情傳統而再行體式的更新（如詩詞歌賦的變化或話本戲曲的展衍之類），也就是唯一可以或必要「進取」的通路了。因此，第一節所論定的有關中西文學「歧異的分辨，除了可以獲得文學史探本考鏡上的知識，還可以從中思索文學交流出奇的問題，是一件在目前文學發展陷入一片混沌局面來說『刻不容緩』要去致力的急迫事」，在雙方來說就是以維持這樣的研議為最佳的選擇：而它的反當前「前路不明」的文學混沌狀態以及理該勤於「知己知彼」以自行尋求出路（也就是「交流出奇」的命意所在）的倡導，也因為有上面的析辯而終於得著了堅實的理論基礎。

蒐正錄篇

第三章　新詩的前現代模式

一、東西方詩各有歸屬

假使把寫作和接受都定位是在為「文學」的，那麼後者（指接受）「可能的歧出」就可以擱置不談，這樣彼此的機制性就能夠顯現出一種「模式」特色。換句話說，寫作和接受雙雙面向文學後，它們的演現就可以依派別不同而分化出好幾個模式；而這些模式的成形，又會回過來強化了寫作／接受機制的「機動性」或「選棲性」。

從既有的實踐來看，人類的文學表現在世界現存的三大文化系統中已經「各有歸屬」。當中西方的創造觀型文化為媲美上帝的造物表現，文學一波又一波的翻新，從前現代跨過現代、後現代和網路時代等；而東方的中國傳統所屬的氣化觀型文化和印度佛教所開啟的緣起觀型文化，則一個抵擋不住創造觀型文化的凌駕尾隨了過去，而一個雅不願改造自己仍然保持原來的模樣。可以用圖來表示（周慶華，2004a：143）：

文學的表現

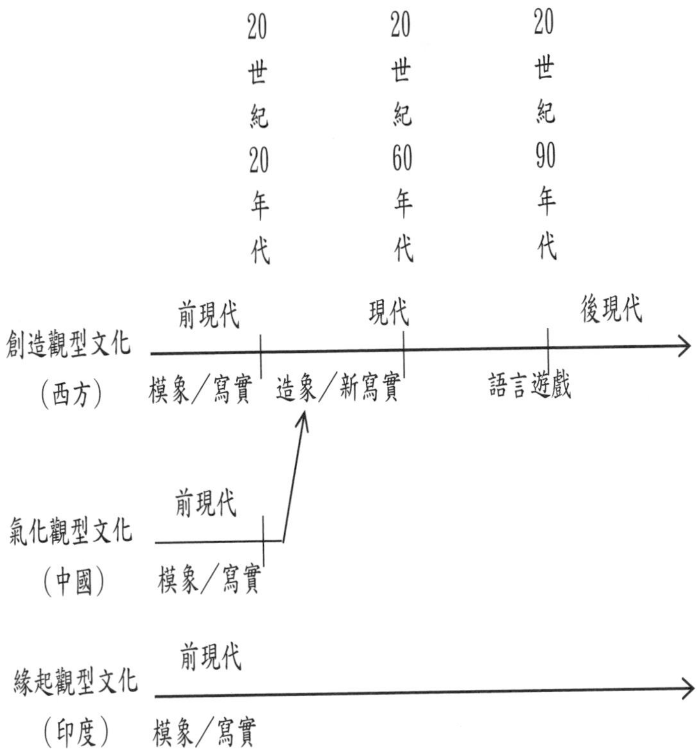

很明顯的在起步階段，三大文化系統都有各自專屬的前現代的模象／寫實文學。而這連到寫作／接受的機制上，就是有一種可以特稱為「前現代」的模式。這種模式所關係的文學特性及其相應的寫作／接受方式，則可以按照理論規格而把它形態化。

二、以世界觀為核心的開啟

這得從文化上的前現代說起。文化上的前現代，是指現代出現以前的時代，它約略以西方十八世紀所出現的工業革命為分界線（甚至再早一點到十四世紀至十六世紀的文藝復興時期）。至於東方，則遲至十九世紀末開始接受「西化」以前，都屬於前現代。前現代所可以考及設定的特色在於世界觀的建構及其運用；它的成形不啻為人類的文化奠定良好的基礎（周慶華，2007a：163）。以西方來說，它歷來的世界觀表面上繁複多樣，實際上卻有相當的同質性，就是都肯定一個造物主（神／上帝）以及揣摩該造物主的旨意而預設世界所朝向的某一特殊目的：如古希臘人認為世界是由神所創造的，所以它是絕對完美的，但它並非是不朽的；世界本身就有衰退的種子。因此，歷史的自身可視為一種過程。在這種過程中，事物的原初秩序在黃金時代裏，一直保持著完美的狀態，只有在往後的歷史階段中，才無可避免地陷入衰退的命運。最後當世界接近終極的混沌狀態時，神又再度介入而恢復原初的完美，於是整個過程又從新開始。這樣歷史就不是朝向完美的一種累積性進展，而是一種由秩序邁向混亂的不斷交替。這種觀念就影響到古希臘人對社會究竟要怎樣建立秩序的理念（不輕易變動）。又如基督教的歷史觀主宰著整個中世紀的西歐，它認為現世的生命，只是朝向下一個世界的中途站而已。在基督教的神學裏，歷史具有開創期、中間期和終止期的明顯區分，而以創始、救贖和最後審判等三種形式表現出來。這種世界觀認為人類歷史乃是直線型而非交替型。它並不認為歷史正朝向某種完美狀態前進；相反地，歷史被視為一種不斷向前的鬥爭，當中罪惡的力一直在塵世播下混亂和崩潰的種子。在這裏，原罪學說已徹底排除了人類改善生活命運的可能性。這種神學綜合世界觀，個別人根本沒有一席之地。人生在世的目的，並不在「貪得」，而在尋求上帝的「救贖」。又如從十八世紀以來（按：底下所說的部分已經屬於「現代」的範圍，此處為了前後連觀才一併敘及），以適當、速度和精確為最高價值的機械世界觀，早已席捲了人心。機器儼然佔有了人生活的全部，而人類的世界觀念也因為機器而結合為一。大家把世界看成是永世法則，由一位至高無上的技師（神／上帝）所推動的一部龐大無比的機器。由於這部機器設計得極為精巧，以至它可以絲毫不差地「運作自如」；而它運動的精確度，可以小到N度來核計。人類對自己在世界裏所看到的精確性深為著迷，進而冀圖在地球上模仿它的風采（Jeremy Rifkin，1988：32～65）。以上這些世界觀（包括古希臘時代的「神造」世界觀、中古世紀基督教的「神學綜合」世界觀和十八世紀以來的「機械」世界觀等），可以統稱為「創造觀」（神／上帝創造宇宙萬物觀；底下再分三系，是緣於著重點的不同），長期以來一直支配著西方的人心，並在十九世紀以後逐漸蔓延到全世界（周慶華，2007a：163～166）。

至於東方的情況，則有兩種較為可觀的世界觀：一種是流行於中國傳統的「自然氣化宇宙萬物觀」；一種是由古印度佛教所開啟而多重轉折的發展著的「因緣和合宇宙萬物觀」。前者，以為宇宙萬物為陰陽精氣所化生（自然氣化的過程及其理則，稱為道或理）。中國傳統所見的這種世界觀既然以宇宙萬物為陰陽精氣所化生，那麼宇宙萬物的起源演變就在「自然」中進行；這不無暗示了人也該體會這一自然價值，不必做出違反自然之理的事。而中國傳統的人信守這樣的世界觀，所表現出來的多半是為使自然和人性、個人和社會以及人和人之間達成和諧融通、相互依存境界的行為方式和道德工夫。後者，以為宇宙萬物的出現和消失，都是因緣和合所致。也就是說，有造成宇宙萬物存在的原因或條件，才能夠促使宇宙萬物的實際存在；反過來說，沒有造成宇宙萬物存在的原因或條件，也就不能夠促使宇宙萬物的實際存在（或者當造成宇宙萬物存在的原因或條件消失了，宇宙萬物也要跟著消失）。而由此衍生出人生是一大苦集（宇宙萬物都是因緣和合而成，變動不居且沒有實有性；人執著它們的實有性，就會自尋煩惱），最後要以去執滅苦而進入絕對寂靜或不生不滅的涅槃（佛）境界為終極目標。佛教這種世界觀的具體顯現，普遍流露在講究修鍊冥想、瑜伽術以及其他的心身冶煉等行為，而將能量的消耗降到最低限度（周慶華，2007a：166～167）。

上述東西方三種世界觀，都各自根源背後的終極信仰（如創造觀就根源於對「神／上帝」的信仰；而氣化觀和緣起觀就分別根源於對自然氣化過程「道」和絕對寂靜「涅槃」境界的信仰）。正是這種具有統攝性的世界觀，各自塑造了各自的文化特色。雖然無法繼續有效的推測三種世界觀在神造／上帝、氣化／道和緣起／涅槃的信仰上還有什麼原因促成彼此的分立〔西方當代一些科普書喜歡用「創造力大爆炸」或「思想大爆炸」一類說詞來解釋人類知見的由來（Ian Tattersal，1999；David Perkins，2001），也許可以藉以說明上述三種世界觀的產生因緣，而特許它有「靈光一現」後各自發展出了各自的信仰的可能性〕，但它們或「強」或「弱」的穩居世界「三大世界觀」的地位，卻是可供檢證認可的。而這也就是前現代可據以為設定認知對象的「極限」所在（周慶華，2007a：167～168）。換句話說，前現代整體的特徵在於世界觀的模塑及其推廣，使得相應文化的穩定性獲致某種程度的保障。而世界分化為三大陣營，則不啻也影響到各自文學的表現而展演出彼此殊異的色彩。

三、前現代詩的寫作模式

在緣起觀型文化方面，文學自然是在模寫「自證涅槃／解脫痛苦」的現實。當中如《修行本起經》、《普曜經》、《佛本行集經》、《太子瑞應本起經》、《太子須大拏經》、《佛說大意經》、《長壽王經》、《佛說九色鹿經》、《六度集經》和《撰集百緣經》等，在展現佛陀本行和揭示佛本生故事／緣起故事的佛教經典，所作的解脫「示範」固然不必多說，還有一些深著佛教色調的如印度早期Kalida^sa的《莎昆妲蘿》戲曲，以及近代Rabindranath Tagore的《舞者之供養》／《陀利》戲曲、Hermann Hesse的《流浪者之歌》小說、芥川龍之介的《地獄變》小說、三島由紀夫的《金閣寺》小說、金岡秀友的《釋迦牟尼生與死》傳記和中國從魏晉南北朝以來跟許多僧侶文人有關的詩賦碑銘小說戲曲散文等（周慶華，1999a），也都傾力在模擬那一逆緣起樣態，致使一個以追求涅槃為旨趣的文學傳統得以成形。至於在氣化觀型文化和創造觀型文化方面，文學則一個在模寫「綰結人情／諧和自然」的現實，而一個在模寫「挑戰自然／媲美上帝」的現實。因為二者多有可以對比處，所以相關的文學表現就常被帶出來比較：「我們的先人根本沒有所謂『原罪』的觀念，而西方文學中最有趣最動人也最出鋒頭的撒旦，也是中國式的想像中所不存在的……在西方，文學中的偉大衝突，往往是人性中魔鬼和神的鬥爭。如果神勝了，那麼人就成為聖徒；如果魔鬼勝了，那麼人就成為魔鬼的門徒；如果神和魔鬼互有勝負，難分成敗，那麼人就是一個十足的凡人了……中國文學中人物的衝突，往往只是倫理，只是君臣、父子、兄弟之間的衝突……西方文學的最高境界，往往是宗教的或是神話的，它的主題往往是人和神的衝突。中國文學的最高境界，往往是人和自然的默契，但更常見的是人間的主題……我的初步結論是：由於對超自然世界的觀念互異，中國文學似乎敏於觀察、富於感情，但在馳騁想像、運用思想兩方面，似乎不及西方文學……」（古添洪等編著，1976：134～137）當中說到西方文學擅長馳騁想像而中國文學則遠遠不及，那是因為西方人為媲美上帝造物使然（馳騁想像才能創新事物）；中國人沒有造物主信仰，理所當然就往現實倫常去著眼。二者立場相左，實在不必有優劣的評判。只是為了看出彼此的差異相，仍然要舉例來透視一番：

最親愛的小露　Guillaume Apollinair

我最親愛的小露我愛你
我親愛的心悸的小星我愛你
美妙地彈性胴體我愛你
外陰緊似榛子夾我愛你
左乳如此粉紅如此咄咄逼人我愛你
右乳如此溫情的粉紅我愛你
……

（莫渝，2007：165引）

上邪　　鴻鴻

我的耳垂在你口中，我的唇舌在你乳房，我的手掌在你腋窩，我的性器沈落在你體內一個不可測的深處。而我自己從未見過的背影，在你眼睛的風景畫片之中……

（陳義芝主編‧賞讀，2006：114～115）

這都在表達一種欲親近肌膚或已親近肌膚的情愛，但一個聯想翩翩的在創造近於崇高的女子美（如果就男方來說，那麼它的愛如此「辛苦」則又近於悲壯），而一個則很「實際」的寫出近優美的相愛現象，彼此的差距顯然不可以輕量。這也就是創造觀型文化和氣化觀型文化的文學傳統各有累積所促成的（後者雖然已經過渡到當代而頗受外來文化的浸染了，但整體的美感特徵還是無法跨越而有所歧變），雙方很難互換而還會有凸出的表現。

所謂寫作／接受機制的前現代模式，就在這一模象／寫實的不可取代性的確立；不但相關的寫作要以它為鵠的，連相關的接受也得以它為發掘對象，才能雙雙盛稱有「體制可循」。至於各文化系統所自行衍化的「敘事寫實／馳騁想像力」（創造觀型文化所屬）、「抒情寫實／內感外應」（氣化觀型文化所屬）和「解離寫實／逆緣起解脫」（緣起觀型文化所屬）等互不統屬的文學表現，則又可以作為「跨文化交流」的參照系絡。換句話說，跨域如果僅止於形式而不能再涉文學觀念及其技巧／風格（如近代以來海峽兩岸仿效西方文學而無力全面超越的情況），那麼有這個架構而想改弦易轍也才知所突破的方向；至於未來即使能跨域成功了，那麼這個架構還可以提供大家尋思終極所向「意義何在」的空間，合而顯示所謂的模式規畫的價值。

第四章　新詩的現代流變

一、世界觀的衍變發展

前章第一節說過「寫作和接受雙雙面向文學後，它們的演現就可以依派別不同而分化出好幾個模式；而這些模式的成形，又會回過來強化了寫作／接受機制的『機動性』或『選棲性』」，這暗示了前現代模式之後所見的現代模式，讓寫作／接受有可以機動更換策略或擇一而從的機會，而據該節圖示可知，這是創造觀型文化所帶出的新異思潮。因為它是反前現代模式而成就的，「嘗試」性質濃厚，所以要換詞而稱它為一種流變。

大致上，相對於前現代所見的世界觀的建構及其運用，現代則傾向將原世界觀予以衍變發展（包括原基督教「神學綜合」世界觀歧出「機械」世界觀在內）（David K. Naugle， 2006；Alvin J. Schmidt，2006）；前後的差距，不再是單線的承繼，而是多元的裂變。同時這是西方社會所發起和帶動的；非西方社會只能「或迎或拒」的游走兩難困境中（周慶華，2007a：168）。換句話說，非西方社會沒有機緣或根本無力發展出現代思潮，以至在遭遇西方文化的「大舉入侵」而難以抵擋時，不是妥協屈就就是悍拒強抗（雖然後者不易成功），而造成舉世一起籠罩在西化風潮的陰影中。

依現有的跡象來看，所以會有「現代」（modern）的出現，主要是因為西方人向來信守的創造觀所內在的造物主「絕對支配力」的鬆動，而讓西方人得著自由馳騁思慮和無限伸展意志的機會，從此多方激盪串聯而營造成功的。它展現在十四世紀到十六世紀文藝復興所「假想」古希臘時代「人文主義」的復振（其實古希臘並未含有這種脫離神控色彩的人文主義），以及十七世紀啟蒙運動對「人文理性」的強調和十八世紀工業革命對「工具理性」的崇拜。當中還穿插著十八世紀以來由美國獨立運動和法國大革命所掀起的「政治民主」和「經濟自由」等世俗化的浪潮。此外，十六世紀出現的新教的宗教改革，也一起匯入了「推波助瀾」的行列。而它的成就，則包括工業化、都市化、民主化、世俗化、高度的結構分殊化和高度的普遍成就取向等（金耀基，1997：132-～138）。縱是如此，現代工業化下的科學技術和世俗化下的民主政治等特色，並不如後人所推測的那樣已經「解除魔咒」（沈清松，

1986；鄭祥福，1996）而不再相信造物主的宰制力了。當中科學技術的發展，全是為了模仿造物主的風采或證實造物主的英明，固然不必多說；民主政治的演變，所要防止人性的再度墮落，也依舊沒有抹去造物主在背後的絕對支配力（Ian G. Barbour，2001；John W. O'Malley， 2006；武長德，1984；張灝，1989；周慶華，2005）。因此，所謂的工業化或世俗化後，原世界觀中所預設的高高在上的造物主並沒有消失，只是經由現代人的塵念轉深而暫時「退居幕後」或被「存而不論」罷了；必要的話，祂隨時還會被「請」出來或被「召喚」回來（周慶華，2007a：168～170）。

比工業化和民主化稍微晚出的文學現代化（美感形態的改變，大抵較科技的發明和社會體制的改變為緩慢），也是凜於造物主的威力而在試為模仿它的風采，紛紛開啟各種前衛作風的新流派（包括象徵主義、表現主義、未來主義、存在主義、超現實主義和魔幻寫實主義等）。這些新流派，表面上看似不相干，實際上彼此所抱持的價值觀和寫作方式上卻有相當的同質性，也就是對於語言功能的信賴和形式實驗的興趣。前者（指對於語言功能的信賴）表現在「真」和「美」的追求；所謂真，是指作品所烘托的世界，而不是現實世界。現代作者服膺的不是寫實主義或模仿理論，而是文字能造象的功能。他們相信，作者是藉著文字去創造一個想像的世界，這個世界的真實感是由作品的形構要素所構成，而不是依附外在世界所產生。而所謂美，說明了一種超越論的寫作觀。他們認為現實世界的感知現象，瞬息萬變，只有文學作品上的美可以超越塵世的變幻無常。換句話說，美的事物在塵世中隨時都會凋萎，只有透過文學來保存它們，將它們「凝固」在作品中，才不至於像塵世的生命那樣朝生暮死。這顯示了他們極度相信語言的堆砌就會構成意義：作者只要找到精確的語言符號，就可以教它們裝載滿盈的意義。至於後者（指對形式實驗的興趣），表現在對小說敘述技巧、敘述觀點的斟酌和詩歌形式美的創造：小說家運用細膩的技巧邀請讀者涉入小說中的世界，辨析真相的所在（如William Faulkner在現代小說《亞卜瑟冷》一書中，運用了四個敘述者以不同的觀點去捕捉故事的片面，而讀者必須整理出故事的來龍去脈，以了解故事的真相）；而詩人也同樣重視形式實驗，他們主張形式的美勝過意義（如e. e. cummings一些現代詩中的空間形式設計）。這些又根源於他們對自身角色的覺悟和期許（應該為人類找到精神上的出路），儼然是時代的先知或預言家（蔡源煌，1988：75～78）。以上二者（指對語言功能的信賴和形式實驗的興趣），彼此又有密切的邏輯關連：也就是現代文學的作者對於語言功能的信賴，正是他們從事形式實驗所以可能的依據（即使講究形式美的詩歌，也不能忽略由語言「排列組合」所彰顯的意義）（周慶華，1994：3～4）。

二、現代詩的特徵及其流派

由此可見，西方現代文學有別於前現代文學的地方，就在於前現代文學的模象／寫實性，無非是以「緬懷過去」（留戀上帝所造物的美好）來標誌的；而現代文學的造象／新寫實性，則是以「嚮往未來」為能事的，二者都離不開該終極實體的信仰卻又劃分基進／保守為兩橛。如前所述，現代文學所以不滿前現代文學而亟於加以超越，是緣於前現代文學所強調的反映現實已因現實不再美好（二十世紀初的西方社會，因為工業文明發展到第一波高峰，機械大為取代人力，使得許多失業人口滯留在城市而造成盲流充斥、犯罪率升高和社會運動頻繁等後遺症，所以文學人才要轉向而不再耽戀那已經變得醜惡不堪的社會）和現實變動太過快速（難以捉摸，也無由予以檢證）等，而開始棄彼就此，極力於開啟「引導未來」的文學新紀元。雖然如此，西方前現代文學的想像創新特性（縱使它表面上給人的感覺是在「緬懷過去）」，仍然延續到現代文學（只是現代文學「未來」才寄望它發生，跟前現代文學的好像「已經」發生有所不同罷了），並且還開啟了更多的面向（也就是有象徵主義、表現主義、未來主義、存在主義、超現實主義和魔幻寫實主義等多重互競迭出的流派）。以詩來說，如：

我的自傳　Václav Havel
1936
1937
1938
1939
……
1959
1960
1961
1962
1963
1964
（Václav Havel，2002：22）

戰鬥　FilippoT. Marinetti
重量＋氣味
正午3／4笛子呻吟暑天咚咚警報咳嗽破裂
辟叭前進叮呤呤背包槍枝馬蹄釘子大炮馬鬃

輪子輜重猶太人煎餅麵包——油歌謠小商店臭氣

……

機關槍=石子＋浪＋

羣蛙叮叮背包機槍大炮鐵屑空氣＝彈丸＋熔岩

＋300惡臭＋50香氣

……

（焦桐，1998：69引）

前一首可以歸在表現主義的範圍，且具滑稽感興。因為一般的傳記是用文字構設，而此詩則是以文字堆疊，彼此判若兩回事；但這樣「反其道而行」的用意，卻透露了詩人在暗示讀者：生命要顯得精采，必須每年都過得「不一樣」（一般人可能是「1936」重複了二十九次，年年沒有差別）。它的深具啟示的未來感，就寓含在那一不斷變換「前進」的數字中。後一首可以歸在未來主義的範圍，且具怪誕感興。它是標準型的歌頌科技文明的代表作，讓人感覺到活著跟科技的產生物或衍生物戰鬥，實在是一件充滿刺激且希望無窮的事；而它的未來感，就在於啟導人們對科技文明的「深為倚恃」〔這自然會引發另一種反面式的「哀悼科技文明」的未來主義。如Francessco Cangiullo的一齣只有一句話的戲劇「舞臺上一條狗慢慢地走過去，閉幕」（姚一葦，1994：1引），這所暗示人類未來會像「舞臺上那條狗」那樣的孤單落寞，不啻是在敲響科技文明的喪鐘〕。而這在此地也不遑多讓（雖然在創新的「氣勢」和「格調」上都小人家一號），如：

門或者天空　　商禽

推開一扇由他手造的只有門框的僅僅是的門

……

出來。出去。出去。出來。出來。出去

出。出。出。出。出。出。出。

（商禽，1969：132）

沙包刑場　　洛夫

一顆顆頭顱從沙包上走了下來

俯耳地面

隱聞地球另一面有人在唱

自悼之輓歌

……

（洛夫，1981：123）

前一首可以歸在超現實主義的範圍，且具滑稽感興。詩中所寫的「他」自造一扇門，不斷地「出去」、「出來」，不覺是在裏面還是在外頭，有如陷入失重或精神分裂狀態。它所企圖引人重視內在世界的複雜性，不言可喻；同時這種喻示欣賞必要轉向的作法，在相當程度上也甚具未來感。後一首可以歸在魔幻寫實主義的範圍，且具怪誕感興。詩中所寫刑場上被砍掉的頭顱還一個個的走下沙包在自我哀悼，頗為靈異！它所試圖引人關注靈異現象這一「新現實」的真實性，也毋須贅言；並且同樣的這種喻示欣賞必要轉向的作法，在相當程度上也甚顯未來感。

三、新寫實觀念的餘絮

現代文學的造象／新寫實觀念體現在詩中的，雖然緣於各自的創新構想不同而分劃出上述諸多流派，但當中尚未引證的「象徵主義」一支，卻僅僅是從前現代過渡到現代的一個「準現代」派別（著名詩人有Charles Baudelaire、Arthur Rimbaud、stéphane Mallarmé、Paul Valéry、Paul Verlaine等；尤其是Charles Baudelaire有《惡之華》詩集特別享譽世界文壇）。因為它所主張「回歸文字藝術的本質，運用內在的聯想和自由的詩語言，摒棄邏輯理性和直接易懂的語言；詩人往往採用一套神祕的象徵系統，讓具體的象徵衍生出多重複雜的意義，使具象和抽象相互呼應，反覆指涉，而在詩中形成豐富意涵」（張錯，2005：288），並未明確展現引領讀者「趨前」而改變行為的作法，只能算是一種稍事「改向」的創新籲請，還搆不上其他現代流派道地的在啟導未來。

所謂寫作／接受機制的現代流變，就在這一造象／新寫實的觀念轉折中成形；相仿的，不但相關的寫作要以它為標的，連相關的接受也得以它為掀揭對象，才能雙雙宣稱有「體制可循」。至於氣化觀型文化中人的不爭氣尾隨問題，則無妨事後再另闢思路而勉為提供化解途徑。

第五章　新詩的後現代流變

一、學派光譜

繼現代流變後，創造觀型文化中的文學表現又展露出另一度的後現代流變（雖然始終未退場的前現代模式還是在遜色中自居大宗）。而所謂的後現代（postmodern），它的轉化接替性是在：從前現代到現代，人類已經走過很漫長的道路，而文化也幾經「推移變遷」或「改造修飾」，接著該是盡出餘力對這一路的遭遇及其成果作一番省思了；而後現代就是起因於這個「等待尋繹」空檔的發覺，無異為人類文化開啟了另一片新天地。而同樣的，後現代也是由西方社會所發起和帶動而後為非西方社會所仿效，情況比現代更風行且更具普遍性（周慶華，2007a：170～171）。換句話說，後現代所嘗試「以解構為創新」的作法，對原受「傳統深重制約」的非西方社會來說，引為自我瓦解的動力，顯然要比現代激勵大家去創新形象或創新情境來得容易；以至後現代一出現，很快地就普遍感染到非西方社會而造成一窩蜂的流行風潮。

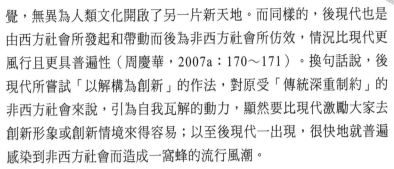

為了了解這股風潮的來龍去脈，不妨從一個亟欲改變現狀的角度切入來發端：我們知道，後現代所涉及的是對西方現代和前現代所有成就的全面性的省察和批判。當中的理路約略是這樣的：首先是後現代一詞的「自我定位」。有人認為後現代只是個通稱，其實它就社會來說，就是「後工業時代」；在知識傳承的方式上，就是「電腦資訊」；在一般生活的形態上，就是「商業消費」；反映在文學藝術的寫作上，就是「後現代主義」（羅青，1992：245、254）。不論這樣的區分是不是很貼切，至少有一點是不容否認的，那就是後現代是從第二次世界大戰後，新科技電腦的發明，帶領人類進入一個資訊快速流通的社會（也就是「後工業時代」或「資訊社會」或「微電子時代」）而逐漸形成的。其次是後現代觀念成形的社會背景及其實踐。由於新科技電腦的發明，使得知識在一夕之間成了集體財富。理論性知識具體化後，所生成的「科學工業」正蓬勃興起；而知識工人將成為社會生產中的主力。這些改變，直接間接的衝擊到人類生活的各個層面。當中特別明顯的是，它使人由反思到唾棄兩、三個世紀以來所形成的「現代社會」（工業社會）的一切。再次是後現代觀念在發展過程中所要塑造的時代特色。因為有新科技電腦可以倚仗，所以使得大家形塑新時代特徵的信心大增，而終於表現出了有別於過去任何一個時代所能展現的特長。如（一）累積、處理、發展知識的方式，由印刷術改進到電腦微處理，人類求知的手段有了革命性的改變；（二）知識發展的方式得到了突破，各種系統的看法紛紛出籠，社會的價值觀及生活形態就朝向多元主義邁進；（三）所有的貫時系統和並時系統裏的有機物及無機物，包括人、事、物等，都可以分解成最小的資訊記號單元，並且可以從過去的結構體中解構出來，而資訊的交流重組和複製再生就成了後工業社會的主要生活及生產方式；（四）在資訊的重組和再生之間，大家發現「內容和形式」的關係也可以解構，以至古今中外的資訊就可以在人類強大的複製力量下無限制的相互交流、重組再生；（五）後工業社會的工作形態，把工業社會的分工模式解構了，生產開始走向「個體化」和「非標準化」，而工作環境則走向「人性化」等等（羅青，1989：316～317）。此外，後現代所連帶具有的「後設性」，也發揮了相當大的作用。也就是說，它針對前行代的「現代性」、「理性」和「中心主體性」等等的批判一直不遺餘力（鄭泰丞，2000）。繼起者有的據以為表現在改良式的對自由的追逐；有的表現在拋棄社會文化的完全超越的自由的崇尚；有的表現在女性主義、後殖民主義和生態保護等反對性的運動，可說是風起雲湧且高潮迭起。由於這類後設批判極盡「左衝右突」或「披荊斬棘」的能事，使得相關的論述在「捕捉」和「條理」後現代本身的特性上，就出現了眾說紛紜的有趣畫面（Douwe Fokkema等， 1992；Steven Best等，1994；Ihab Hassan，1993；Barry Smart，1997；Perry Anderson，1999；Steven Connor， 1999；Hayden White，2003；Joseph Natoli，2005；Aleš Erjavec等，2009）。至於非西方社會的仿效，有的全盤接收，有的擇異宣揚，有的兼行批判，也不勝數它的「動人繁采」（羅青，1989；孟樊，1989；路況，1990；陸蓉之，1990；葉維廉，1992；王岳川，1993；李一，1994；廖炳惠，1994；河清，1994；蕭燁，1996；王潮選編，1996；劉錚雲，1996；呂清夫，1996；石之瑜，1997；高宣揚，1999；周英雄等編，2000；王晴佳等，2000；鄭泰成，2000；馬森，2002；黃瑞　主編，2003a；黃瑞祺主編，2003b；黃進興，2006；黃乃熒主編，2007）。

二、以解構為創新

明顯可見，後現代依然是西方為藉批判或否定前行代的作為來顯現「另一種創新」的整體氛圍所形塑的。而它體現在文學中的，流派紛繁細碎而不易歸類（許多人把後殖民主義、女性主義和生態主義等等在文學上的表現也納進來）（周慶華，2007a：172～177）。但大體上，它比現代於形式實驗方面有更新的發展，原先作者的自覺演變成對寫作行為本身的自覺：小說家不但在從事杜撰想像，還同時將這個過程呈現給讀者，連帶也交代小說中一個故事的多樣真相；而詩人除了使寫作行為作為一個自身情境的反射，對形式的創造更是瘋狂愛好。有人根據這一點，判斷後現代文學延續了現代文學所作的嘗試，而解消了二者相對的一部分意義（蔡源煌，1988：78～79）。然而，後現代文學所作的實驗，在實質上已經不同於現代文學，如何能說它們有相承的關係?何況現代作者所強調的語言功能，在後現代作者看來無異於一種迷思而極力要否定它？可見後現代文學是站在現代文學相對的立場，獨自展現它的風貌。而對這一點，得從西方創造觀型文化所自我蘊涵的解構動能（也就是以解構為創新的另一波創新觀念）說起。這在整體上，可以說後現代的解構思潮是從解構「邏各斯」（logos）中心起家，極力於破斥西方古來語言有特定表意的信賴的誤失。而這就有一段理路可以條陳。首先是傳統語義學的語義觀「奠基」：

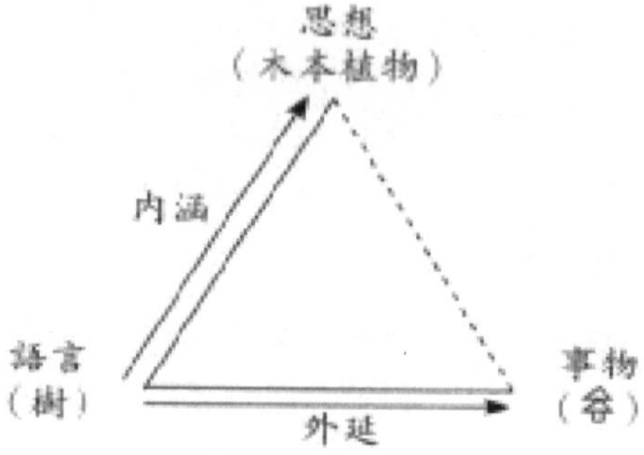

在這語義三角形中，思想如果要表達樹這種木本植物的概念，就必須選定相關的語言符號（不論是現成還是新創）來表達。而語言符號一旦被選定了，它就有內涵和外延等意義可以指稱。上圖中所連兩端事項為實線的代表直接的關係，所連兩端事項為虛線的代表間接的關係。其次是結構語言學的語義「變革」：

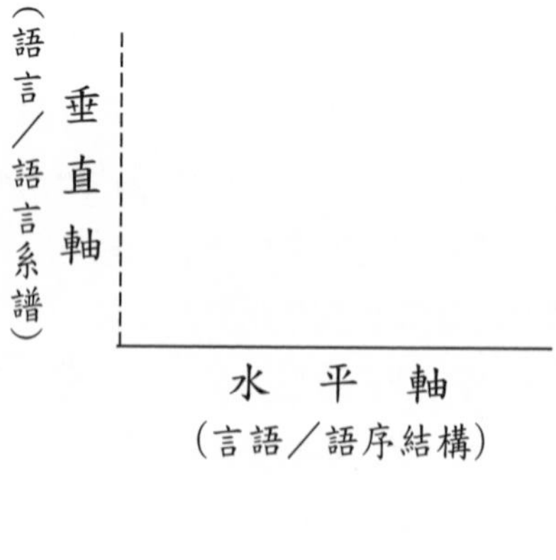

二十世紀初，結構語言學興起，主張語言是自我指涉的。如：

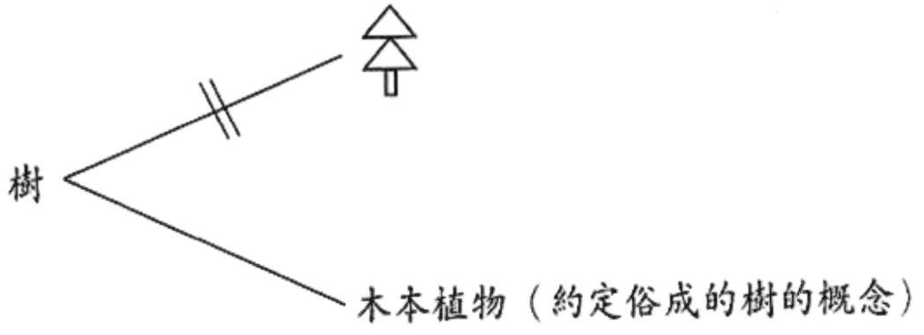

樹指向「木本植物」（而「木本植物」也是語言，所以才說語言自我指涉），而不指向實際存在的樹。因為樹這個符號的創設是任意的（在不同語言系統中各有不同的代表樹的符號）；同時樹這個符號和實際的樹並不相等（既然這樣，樹的外指也就不重要）。至於我們的選字組詞所構成的言語這種語序結構（如「樹正欣欣向榮」），都是從抽象的語言系譜出來的（如「樹正欣欣向榮」中相關的語音、語詞和語法等，都是從存在人腦海裏的語言系譜抽選出來結構成的），而跟外在的事物無關。再次是結構主義的語義「衍變」：

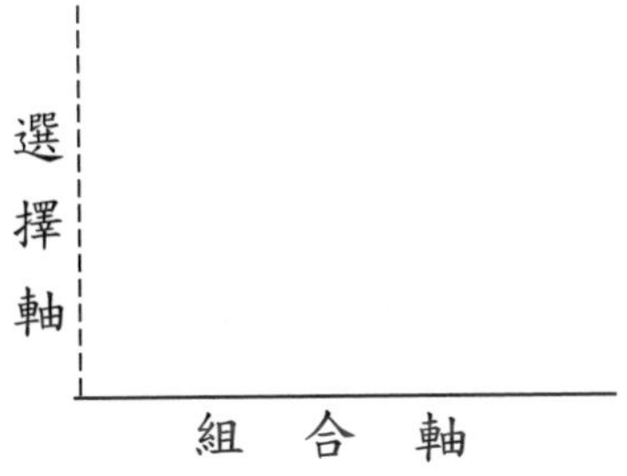

受到結構語言學的啟迪，文學批評界建立起了結構主義流派，而把原有的言語和語言對列的觀念，轉換成文學的「意象」、「事件」等的組合和選擇。如「一個孩子和父親吵架後出走，在烈日下穿過一座樹林，跌落在一個深坑裏。父親出來找他的兒子，向深坑裏張望；但因為光線很暗，看不到兒子。這時太陽剛好升到他們頭頂，照亮了坑的深處，使父親救出了孩子。在歡樂中他們言歸於好，一起回家」（Terry Eagleton，1987：95）。在這個故事中所顯現出來的「兒子反叛父親」、「父親俯就於兒子」和「兒子和父親重歸於好」等一系列的意涵，都可以回到最底層的「高／低」的對立結構去得著定位和理解。而組合成故事的各個元素，也是透過眾可能中選擇來的；它們可以從新更換而組合成同結構而不同題材的故事。再次是後結構主義的語義「轉折」：

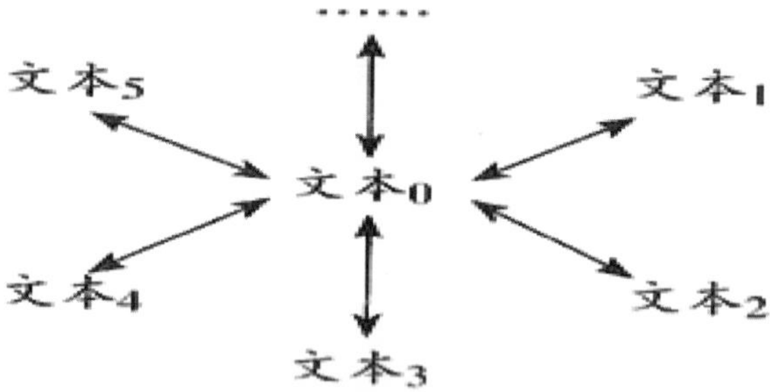

後結構主義由結構主義文學各成分的組合／選擇的興趣，轉向對整個文本相互指涉的關懷。如我們把徐志摩〈再別康橋〉「我揮一揮衣袖，不帶走一片雲彩」（文本0）（徐志摩，1969：397)作個理解，會發現裏面隱含有灑脫的心境，為自然主義或道家思想（文本1）所滲透。依此類推，它可能還會跟別的觀念（文本2、文本3、文本4……）相互指涉，而形成各文本在互相對話或戲謔或爭辯的繁複景象。最後是解構主義的語義「消解」：

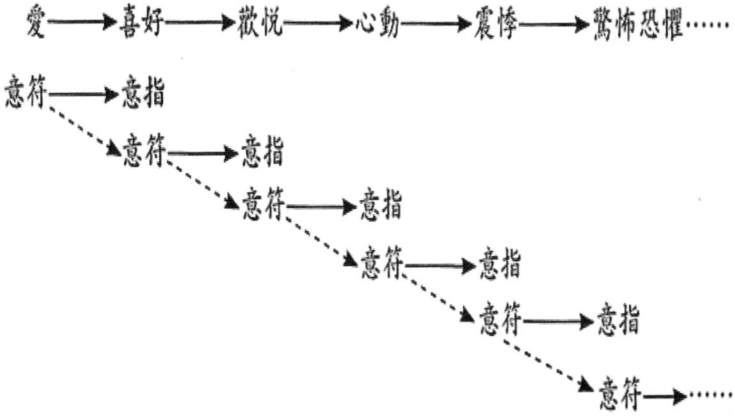

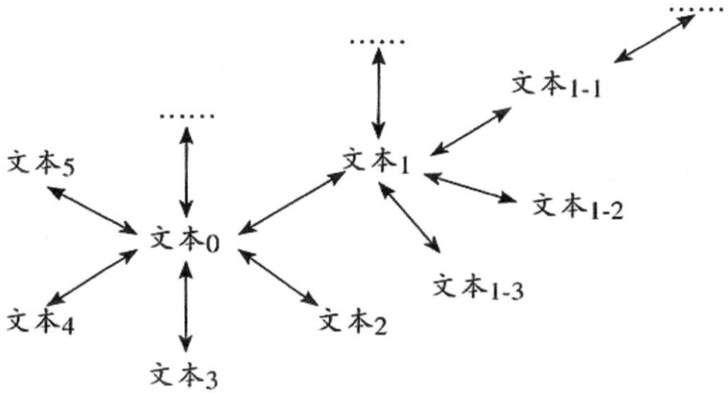

解構主義出現於二十世紀六〇年代，主要是要解消一切的結構體（包括傳統的邏各斯中心和先前的相關結構主義的結構觀念等），而防止意義被壟斷或不當的權威宰制。它從意符的延異起論，而後推及文本的無盡指涉現象，來佐證解構的必要性。在意符延異方面，如上列「愛」作為一個意符，它所指向的意指又變成指向另一個意指的意符（雖然那是我個人代為模擬），最後只剩下一連串意符在相互追踪。縱是如此，意符每延遲（延宕）一次，都會有差異，這也就是「延異」（différance）一詞的意涵。至於在文本的無盡指涉方面，如前述所隱含的自然主義的自然觀或道家思想的逍遙遊（文本1），又為虛無主義或反理想主義（文本1-1）所滲透。依此類推，永無止境（周慶華，2007b：17～18）。顯然解構主義就是沿著上述這樣的軌跡而躍居西方世界「反省語言構成物到最極致」的地位（從同情理解的立場，可以說後結構主義是過場，解構主義才真正的解決了語言／文本的延異互涉問題）。而先前文學既然也是由語言所建構裝飾起來的，那麼它的遭遇解構主義嚴苛挑戰的命運自所難免。

三、相關創新的向度

雖然如此，從不同情理解的立場，我們卻會發現解構主義的消解大業並沒有徹底完成，因為大家紛紛發覺解構主義本身又不禁成了新的邏各斯中心；同時它所蘊涵的自我解構也使得它在解構別人時不具有效力（也就是「延異」本身也要延異，這樣解構主義就沒有理由說別人所使用語言的意涵不確定或無限延後）。倒是它無意中喚起了我們「權威介入語言使用」的意識，以及從此得節制權力欲望界定（裁奪）並經過約定俗成而可能的（如上述「愛→喜好

→歡悅→心動→震悸→驚怖恐懼……」的指意鏈即使成真，我們也不會讓「愛」的意義無限的延後，因為我們會以強制的手段使它停留在「喜好」一類的特定意義上；而這只要眾人認可了，就會通行），再有所行動就得自我檢視權力欲望的合理性（也就是不宜為了影響別人或支配別人而濫用該強制的手段），以免窮於應對來自解構主義在相當程度上仍具有威脅性的「延異」觀的威脅（周慶華，2007b：14～18）。而本來文學是應該在這種認知下進行「自我調適」的，但相關的作者卻「不思此圖」而逕自呼應解構主義的觀念，真的玩起解構式的語言遊戲。而這倒玩出了某種程度的新意：也就是透過「表面」的解構作法，讓人看到了某些東西「實際」存在的問題，從而展現另一種「以解構為創新」的異樣風華（見前）。

四、後現代詩的形式與技巧

　　在新詩方面，它可以透過許多技巧來達到「解構」的目的而展衍出紛繁多姿的後現代詩形式（孟樊，1995：279～280）；但倘若依具體的欲「徹底」解構向度（而不是「酷似」或「玩假」），則能夠將有關的直接解構（逕稱為「解構」）和「諧擬」／「拼貼」這兩種間接解構予以組合下列模式圖：

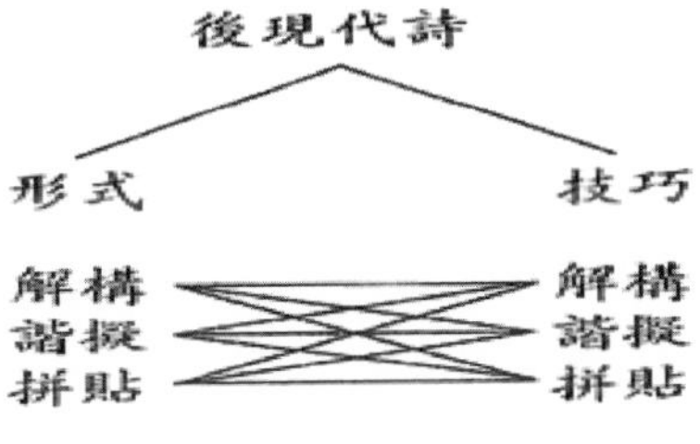

這樣後現代詩在形式／技巧上，就有解構／解構、解構／諧擬、解構／拼貼、諧擬／解構、諧擬／諧擬、諧擬／拼貼、拼貼／解構、拼貼／諧擬和拼貼／拼貼等九種模式。這當中自然會有「跨向度」的情況，但它只要在解說時「加注」就可以了，原則上無妨於該九種基本模式的成立。這是為確保論說的有效性所作的權宜斷定；否則可能會發生後現代詩跟他者「糾纏不清」的情事，而妨礙到論說的進行。現在就依上述九種模式來分別舉證，以便有意再從事後現代詩寫作的人參鏡採擇。

第一是解構／解構模式：這得在形式和技巧上都顯現出「徹底解構」的態勢才算數。如：

吃西瓜的六種方法　　羅青

第五種　西瓜的血統

沒人會誤認西瓜為隕石
西瓜星星，是完全不相干的
然我們卻不能否認地球是，星的一種
故而也就難以否認，西瓜具有
星星的血統
……

第四種　西瓜的籍貫

我們住在地球外面，顯然
顯然，他們住在西瓜裏面
我們東奔西走，死皮賴臉的
想住在外面，把光明消化成黑暗

包裹我們，包裹冰冷而渴求溫暖的我們

……

第一種　吃了再說

（羅青，2002：186～189）

這在形式上解構了詩題和內文的相應度（除了「第一種吃了再說」跟吃西瓜的方法有關，其餘表面看來都不相涉）；而在技巧上則解構了數量（詩題說吃西瓜的方法有六種，但內文只出現五種）、排序（不按一般順序排列）和標點符號的使用方式（在內文中任意加標點，有別於平常用法）等。雖然它在解構後多少又建構了一些東西（如暗示讀者不妨先品賞西瓜的血統、籍貫、哲學和版圖等，而後才享用它，可能比較有滋味；或者讀者想怎麼吃西瓜，所保留的「第六種」就可以自己去決定；此外，整體反序形式不啻又造成了另一種「倒敘」模式），導致解構不徹底而「終非美事」（按：羅詩寫於1970年，當時尚未見後現代詩的觀念，它可說是「無心插柳」而成了此地後現代詩的先聲。因為有這個因緣，所以也不必多加責怪），但它所體現的雙重解構力道還是相當可觀。

第二是解構／諧擬模式：這也得在形式和技巧上都顯現出「徹底解構」的態勢（雖然諧擬部分是間接解構）才算數。如：

看二二八自傳　　周慶華

一九四七

一九四七

一九四七

一九四七

一九四七

一九四七
一九四七
一九四七
一九四七
一九四七
……
一九四七
一九四七
一九四七
（周慶華，2009b：76～83）

這在形式上解構了詩題和內文的對應性（「自傳」理當是用文字敘述的，卻只看到一堆數字）；而在技巧上則諧擬了部分國人深懷的二二八事件的悲情（一方面將該悲情的「嚴肅性」拆解了；二方面也將該悲情所要引人同情的訴求轉為像面對一堆數字的厭煩）以及相關仇恨的沒有「與時遷移」（一直停留在事件發生的那一年），雙重解構效力不言可喻。

第三是解構／拼貼模式：這也得在形式和技巧上都顯現出「徹底解構」的態勢（雖然拼貼部分是間接解構）才算數。如：

丹丹的週記　　周慶華

風被我催眠　它
跑到天空變成一艘船
後來曹操不准他的兒子寫信給老師
告狀家裏沒有錢請傭人
……

第四臺來了一隻恐龍
牠會說人話
沒有夢　很冷
今天是星期天要提早上學
（周慶華，2007d：118）

這在形式上解構了詩題和內文的密合度（「週記」應該是記一週裏發生的事及其感觸，但每行詩句卻都像是遊魂或精神分裂症患者的喃喃自語，沒有一點主軸）；而在技巧上則拼貼了互不連屬的意象（以逆反老師的「所望」來解構週記本身所被賦予的「師生交流」或「單方面監看」的意義和價值），雙重解構效力也不言可喻。

第四是諧擬／解構模式：這也得在形式和技巧上都顯現出「徹底解構」的態勢（雖然諧擬部分是間接解構）才算數。如：

在公告欄下腳　　向陽

……
「本公司開廠卅七年來，
（也有卅七年囉，歷史悠久，
「在全體員工的共同努力下，
（努力是有影，我入公司也有二十外年囉!
「鼎盛時期有二千五百餘名員工，
（現時只存六百外名，我自濟做到少，
「分紡織、織布、染整、針織、縫紉五部門，
（五官齊全，一貫作業，

「而後因受國際景氣影響，
（大風吹樹倒，
……
「在萬分不得已的情況下，不得不斷然宣布：
（猶有這款代誌？
「自本月卅日起正式停工，
（啊？啊：定去囉！
……
「此布。」
（敢真正著轉去賣布囉？）
（鄭良偉編注，1992：164～166）

這在形式上諧擬了公布欄下隱藏的對立聲音（從而把公告本身的正經性予以解消）；而在技巧上則解構了公告這種官式文體，而任由平常的庶民文體（兼採閩南語這一非通行語）跟它形成相抗衡的局面。由於強帶進「資本家和勞工的對立」和信息「不知何者為真」在交纏，所以就具有了雙重解構的效果。

第五是諧擬／諧擬的模式：這也得在形式和技巧上都顯現出「徹底解構」的態勢（雖然兩諧擬部分都是間接解構）才算數。如：

情婦　　苦苓

在一青石的小城，住著我的情婦
（自備六十萬黃金小套房可以買）
而我什麼也不留給她
（存摺一定要自己保管）

……

候鳥的來臨
（過夜那絕不可以）
因我不是常常回家的那種人
（不管再晚，畢竟我還是要回家）
（苦苓，1991：20～21）

這在形式上諧擬了鄭愁予〈情婦〉詩（鄭愁予，1977：141）的貴族氣（以市井男子的「偷情口吻」對比鄭愁予〈情婦〉詩的男詩人的「風流語氣」）；而在技巧上則諧擬了鄭愁予〈情婦〉詩中的「果決行為」（鄭愁予〈情婦〉詩中的男主角是連「老婆家」和「情婦家」都不常回去的；而苦苓〈情婦〉詩中的男主角則是一定要回去「老婆家」，心虛兼膽怯「溢於言表」）。因為蘊涵有高華／庸俗文體的對列以及情場「孰真孰假」難以判斷（後者是說兩詩中的男主角誰對情婦認真、誰對情婦虛假，不易分辨），所以也深具雙重解構的效果。

第六是諧擬／拼貼的模式：這也得在形式和技巧上都顯現出「徹底解構」的態勢（雖然諧擬和拼貼各自部分都是間接解構）才算數。如：

○檔案　　于堅

檔案室
建築物的五樓　鎖和鎖後面　密室裏　他的那一份
裝在文件袋裏　它作一個人的證據　隔著他本人兩層樓
他在二樓上班　那一袋　距離他50米過道　30臺階

卷一　出生史

他的起源和書寫無關　他來自一位婦女在28歲的陣痛
老牌醫院　三樓　癌症　藥物　醫生和停屍房的載體
每年都要略事粉刷　消耗很多紗布　棉球　玻璃和酒精
牆壁露出磚塊　地板上木紋已消失　來自人體的東西
……

卷二　成長史

他的聽也開始了　他的看也開始了　他的動也開始了
大人把聽見給他　大人把看見給他　大人把動作給他
媽媽用「母親」　爸爸用「父親」　外婆用「外祖母」
……

卷末　（此頁無正文）

附一　檔案　製作與存放
書寫　謄抄　打印　編撰　一律使用鋼筆　不褪色墨水
字跡清楚　塗改無效　嚴禁偽造　不得轉讓　由專人填寫
……

（于堅，1999：119～132）

這在形式上諧擬了一般檔案的「存重要事件」觀念（于詩盡涉及人一生的雞毛蒜皮小事）；而在技巧上則拼貼了無數異質性的事物（依于詩的作法，可以不斷增添而無疑）。這固然也仿諷了極權主義社會對人全面性監控的恐怖，但就詩作來說有諧擬和拼貼的雙重運用，已達十足解構的功效。

第七是拼貼／解構的模式：這也得在形式和技巧上都顯現出

「徹底解構」的態勢（雖然拼貼部分是間接解構）才算數。如：

為懷舊的虛無主義者而設的販賣機　　陳黎

請選擇按鍵

母奶　●冷　●熱

浮雲　●大包　●中包　●小包

棉花糖　●即溶型　●持久型　●纏棉型

白日夢　●罐裝　●瓶裝　●鋁箔裝

……

朦朧詩　●兩片裝　●三片裝　●噴氣式

大麻　●自由牌　●和平牌　●鴉片戰爭牌

……

（陳黎，2001：148～149）

這在形式上拼貼了一些異質性事物（包括具體的和抽象的、可食的和不可食的、文學的和非文學的，五花八門）；而在技巧上則解構了販賣機只提供單類食品或物品的功能（把它擴及到甚至可以供應「浮雲」、「白日夢」和「朦朧詩」等帶文學感興的東西；而這太多類型販賣物形同「功能無效」）。就因為此販賣機有選無可選（或不知從何選起）以及全詩無機的組合等特徵存在，所以它的雙重解構的功效也不辯自明。

第八是拼貼／諧擬的模式：這也得在形式和技巧上都顯現出「徹底解構」的態勢（雖然拼貼和諧擬各自部分都是間接解構）才算數。如：

連連看　　夏宇

信封　　　　圖釘

自由　　　　　　磁鐵
人行道　　　　　五樓
……
著　　　　　　　無邪的
寶藍　　　　　　挖
（夏宇，1986：27）

這在形式上拼貼了一些異質性事物（每樣東西都「互不相屬」）；而在技巧上則諧擬了制式教育中試題「連連看」的崇高性（將它降格成「無法可連」）。從異質性事物的差異到上下兩排符號連無可連，此詩可說是極盡雙重解構的能事。

第九是拼貼／拼貼的模式：這也得在形式和技巧上都顯現出「徹底解構」的態勢（雖然兩拼貼部分都是間接解構）才算數。如：

交通問題　　林燿德
紅燈／愛國東路／限速四十公里／黃燈／民族西路／
晨六時以後夜九時以前禁止左轉／綠燈／中山北路／
禁按喇叭……北平路／單行道／
（林燿德，1988：114～115）

這在形式上拼貼了一些非有機連結的異質性事物（道路和交通號誌雖然是「一體的」，但它僅用「／」連接而沒有其他敘述文字，看不出彼此的關連性）；而在技巧上則拼貼了燈號、路名和禁制指示等事物，表面上符合現況「很順當」，實際上卻暗示了交通的「大亂象」。正是採取這種方式來戳破交通流暢的神話和拼湊出快速變換號誌的險象環生而不利於營生等，以至全詩的雙重解構意味就顯得特別濃厚。

上述九種模式，足以用來簡別區隔不夠後現代味的詩作，而讓一種「純然」的語言遊戲詩風可以保有它的獨特味道。雖然如此，後現代詩仍不免要借助意象的重組來徵候所要解構一切事件或觀念的「支離破碎」狀況，而這是詩作為文學的一環所明顯沒有遭到解構的。換句話說，後現代詩解構了很多東西，唯一沒有解構的是自己（有些後現代詩出以「圖像」或「符號」，依舊是意象的延伸或變形，並沒有改變詩的觀念多少）。可見它所採用的直接解構和間接解構等手法，就真的是一種策略運用；不認同的人，都可以據理跟它抗衡，甚至唾棄它。此外，前面所說的形式和技巧等概念，都是關連意義的（也就是沒有「沒有意義的形式和技巧」）；而這在前面的解說中已經自動連上了，此地就不再贅述（周慶華等，2009：190～206）。

五、進趨在讀者參與書寫

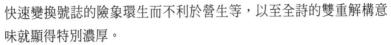

縱是如此，後現代文學的解構訴求的「非必定性」（見前）仍然要有所說才能善後。就以新詩來說，它的後現代式演出，既然是一種策略運作（而沒有絕對的權威性），那麼它的進程就可以代為想像出另一個藍圖。這個藍圖要有突破性，但又不能像某些論者所認為後現代詩的解構策略仍有或強或弱的「重建意義」企圖（奚密，1998：203～226；簡政珍，2004：151～155）的延續或發皇。畢竟這一解構就是「別為建構」的道理已經不新鮮（解構本就是為了再建構；不然解構是什麼呢）；而它隱藏的或不便說出來的新建構（如同前舉的例證，雖然行文時常用「徹底解構」的字眼以為指涉例詩的自我體現情況，以及對羅青〈吃西瓜的六種六法〉不能在表面上避去再建構的痕跡也有所批評），還會是他人前來解構或抨擊的靶子，一樣會讓自己疲於奔命於應付。因此，它的未來走向應該再基進點。而所謂再基進一點，就後現代詩的繼續遊戲性來說，自然不能僅是現實可見的形貌的再製。後者據論者的歸結，不外有「文類界線的泯滅」、「後設語言的嵌入」、「博議的拼貼和混合」、「意符的遊戲」、「事件般的即興演出」、「更新的圖像詩和字體的形式實驗」和「諧擬大量的被引用」等特徵（孟樊，1995：265～279），頂多再留一些「空白」讓讀者參與書寫（國立臺灣師大國文系編，2000：384～419），這不論是否有爭議（至少本脈絡就不這樣處理），都可說是既成的事實；而要展望，就得另闢途徑。而這可以從詩文本和寫作兩個層面來考慮：在詩文本方面，不妨嵌入各種文體以為解構詩文本的「集大成」來顯示它的新基進性。好比我所模擬的「網路成文」的情況：

小網路族　周慶華

沒有人在乎你是死是活
只要留言
你就活著
即使你死了
還是可以留言
我們還太小
不能談戀愛
我支持你的論點呢
呢呢
好嘆氣什麼
講話就
孩子
小
說再了幹先
說再了幹先！對
你們都不了解我
拜託我們連自己也不了解
怎麼可能了解你
送你一顆黑色邊的榴槤
好啦
明天等心情high的時候
唱一首歌給你聽
隨便你連連連呀
影像
動畫
聲音
會唱歌的蜥蜴

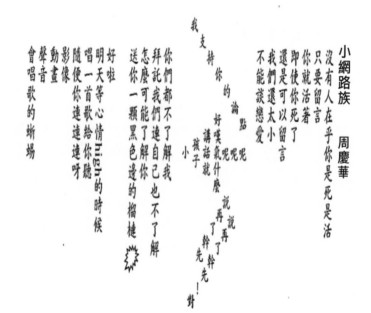

網路詩的多向性和互動性只能在網路上存在（無法轉成紙本形態），而我在紙本上略事模擬反而可以形成「解構大觀」（依此類推，所嵌入的異文體可以無止無盡，直到成一本書、二本書……等等）。如果後現代詩還有必要寫下去，那麼這一道地的「徹底解構」的新表現方式就是不二選擇。

至於在寫作方面，唯一可以展現新意的，就是「完全開放」讓讀者參與書寫。這在網路詩上已經可以局部做到（須文蔚，2003a）；而在某些結合多媒體的詩展演（如用吟唱、默劇、書法、相聲、舞蹈等多媒體來寫作發表，或者結合文字、聲、光和其他適合的媒體進行再書寫等）上有他人的參與也能夠見到微樣（杜十三，1997），但終究不及所要展望的完全開放這種情況來得有徹底解構的效果（也就是如未來的後現代詩存在於作者和讀者不斷地接寫中）。前者（指如詩文本）的解構展望是「本體性」的；而這裏的解構展望是心理／社會/文化性的，合而讓如後現代詩的寫作推進到「沒有任何束縛」的境地（周慶華等，2009：206～208）。

這也就是可以轉稱的「後解構主義」的樣貌；它必須成為寫作／接受機制的後現代流變的新後階段發展，才足以確保那解構企圖的「亟欲」性。而同樣的，這不但相關的寫作要以它為進取目的，連相關的接受也得以它為標準考評對象，才能雙雙權稱有體制可循。至於氣化觀型文化中人一樣的無力超越問題，則不妨事後再別發他想而權為提供突破道路。

第六章　新詩的網路時代流變

一、後資訊社會的出現

從二十世紀末以來，整個人類社會挾著後現代的餘威，更向一個後資訊時代挺進。這個時代以網際網路為核心，嘗試締造一個跨性別、跨階級、跨種族和跨國家的數位化世界；同時也把人類推向了一個新的價值行銷的知識經濟世紀。相關的論述已經傾巢而出，儼然要攀躋上另一波高峰（Nicholas Negroponte，1998; William J. Mitchell，1998; Manuel Castells，1998; Bill Gates，1999; Lester C. Thurow，2000; Sandra Vandermerwe，2000; 森田松太郎等，2000; Tim Jordon，2001; Roger Silverstone，2003; Martin Dodge等，2005; Patricia Aburdene，2005; John Tomlinson，2005; John Naisbitt，2006）。而它體現在文學寫作上的，就是空前的「超鏈結」形式。

網路超鏈結的出現，基本上是後現代的餘威所帶動促成的；它的多媒體、多向文本、即時性和互動性等特徵，幾乎要把後現代所無由全面出盡的解構動力徹底的展現出來了。尤其是多向文本，不啻真正落實了文本是一個無始無終的建構過程的後現代宣言：

> 多向文本真正實現了作品不再是單向封閉系統的說法，它可以做成道道地地貨真價實的寫式文本。多向文本要求一個主動積極的讀者……多向文本無始終、無中心、無邊緣、無內外。它又是多中心、無限中心，無限大。多向文本是網狀式的文本，無垠、無涯，是合作式的文本，是沒有那大寫作者的文本，是人人

都是作者的文本。（鄭明萱，1997：59）

這就說明了文本永遠處在建構中（而不是「可以建構完了」）的特性。而這在其他藝術的數位創作上也不遑多讓，終於合而形成一個可以歸結為多向／互動等兩類審美感興領銜獨闖新時代的最新景觀（周慶華，2007a：281）。換句話說，網路超鏈結的興起已經大為改變寫作／接受的形態；而它的未來性，也就一併被寄託在超鏈結技術的更新中。

二、網路超鏈結

論者習慣從科技的演變來看數位藝術的進化：「我們可以從1837年路易士．達格爾發明的銀版照相術談起，講到1895年盧米埃兄弟發表的世界上第一部無聲電影，推演到1926年華納兄弟出品的第一部有聲動態影片《唐璜傳》，發展到1927年斐洛．伐恩斯渥斯發明的電視影像傳送技術，再討論1967年新力公司推出的Porta Pak。由手持家用錄影機的普及，導引出白南準、維托．阿康奇等人早期錄影藝術作品的顛覆，乃至於今天比爾．維歐拉、湯尼．奧斯勒以及馬修．邦尼等人錄影裝置作品的華麗和壯闊。我們也可以由1801年，法國絲織工匠約瑟夫．雅卡爾發明的雅卡爾織機出發，開始介紹1834年英國數學家查爾斯．巴貝治發明的分析機，1946年埃克脫和曼奇利在賓州大學製造的第一臺現代電腦，1969年由美國國防部設立的ARPANET網路，1974年ＭＩTS發展的第一臺個人電腦Air，1989年英國物理學家提姆．博那斯－李推廣的全球資訊網，藉此說明數位藝術發展的過程和現況，再經由它眺望無可限量的未來」（葉謹睿，2005：10），這是典型的說法。它不能說有什麼問題，只是對於觀念先行才是重點卻少有察覺，以至混淆了到底是人在操縱科技還是科技在操縱人的分際。換句話說，倘若沒有人的心思在起作用，即使有再好的科技也無從被轉為創作而成就新的審美風格。因此，這裏最後要談的寫作／接受機制的網路時代流變所要著力的對象，主要就是緣於人的觀念翻新而借重電腦科技摶塑而成的。而相同的，它也是創造觀型文化連續光譜的；其他系統中的人如果有類似的表現，那麼它就是自我再繼續遠離傳統去緊追人家的（周慶華，2007a：282）。

所謂寫作／接受機制的網路時代流變為「緣於人的觀念翻新而借重電腦科技摶塑而成的」，以目前的績效來看，已經有超鏈結作法所展現出來的「多向」和「互動」等兩種審美感興；它們的「解構觀念的徹底實踐傾向」，不啻自我成就了一種超解構或多重解構的「網路主義」。而這種網路主義，所可以考察的最少有「已經有的成就」、「美感限度」和「發展方向」等幾個面向。

三、多向詩與互動詩

在「已經有的成就」方面，以網路詩（數位詩）和網路小說（數位小說）為例（另有不及舉的網路戲劇，相較來說，它仍得以「乏善可陳」的理由而予以略過）；網路詩，已經有所謂的「新具體詩」（結合文書排版、繪畫、攝影和電腦合成的技術，強調出視覺引發詩的思考）、「多向詩」（詩文本利用超鏈結串起來，讀者可以隨意讀取）、「多媒體詩」（網路詩整合文字、圖形、動畫和聲音等多重媒體，使它接近影視媒體的創作文本）和「互動詩」（網路詩的寫作配合程式語言，如利用CGI或JAVA，文本就不僅具有展示功能，它還具有互動性，可以讓讀者參與寫作的行列，形成寫作接龍的遊戲）等類型可以歸納指稱（須文蔚，2003a：53～58）。至於網路小說，它原應有「在電腦的多向文本普及之後，小說採取接龍、集體創作和多向小說的嘗試……此外，在數位多向小說的創作上，跨媒體互文的現象更是錯綜複雜：一方面，作者透過多向文本科技的協助，串連或發展枝散和分歧的情節；二方面，作者也可以跨媒體互文的形式，將傳統小說中無法展現的聲音、圖像、影片和動畫，以一種嶄新的架構建立出相關性和鏈結；三方面，小說不僅將更多存在視覺或聽覺的符碼納入小說中，也經常回過頭去借鑑二十世紀七〇年代開始就廣為後現代小說家應用的隨機、片段、混亂、不確定的文本結構規則，讓文本中存在多重敘述、重複、增殖、排比、戲仿等形式，形成數位多向小說繁複的跨媒體互文現象」（須文蔚，2003a：86～87）這類的表現，但實際上成績卻不高。雖然如此，它仍無妨暫時作為網路小說的進程式標竿。而由此也可見，網路詩和網路小說一旦徹底脫離單一文本的範疇，它們就不再受到尋常表意方式的制約（周慶華，2007a：284～285）。換句話說，網路詩和網路小說的「網路」性，所可以類比於「現代」性和「後現代」性的，就是它的新增多向和互動等美感特徵；而這些特徵的高度變動性，也早已改寫了文學的表現形式。

在「美感限度」方面，理當以無限延異情思為終極旨趣，但它在具體的實踐上卻仍有窒礙。就以底下這首在此地常被譽為開跨文本超鏈結風氣之先的詩作為例：

超情書　　代橘

Dear:

早上醒來時把愛情乾癟的屍體放入信封

傻孩子，妳定猜不到

我翻遍多少塊皮膚才終於聞見
腐臭
然後我用我們的拖鞋撲打牠
愛情長得真像魚
羞澀地游到東邊
又游回西邊繼續手淫
偷偷地告訴妳，傻孩子
其實就在上半身與下半身交界的地方
我擊中牠

當然我非得擊中牠然後把屍體寄給妳
傻孩子，妳定無法想像
早上醒來時愛情發霉的模樣
我用微波爐烤乾一羣
像溫柔那麼溫柔的
分泌物
接著吃完了生的一半
一半熟的則打算給妳
且我稍稍描述一下，傻孩子
很衛生
與妳的眼眶比較起來
還很腥紅

還有薄荷的味道
傻孩子，妳定不知
愛情像黏貼在小腹的脂肪

一放在結婚證書這張占板上就極度不快
如果早上醒來時妳有一個飽滿的子宮
我感到憂慮
可是妳不喜歡等待
我不喜歡教堂
戒指有肉的氣息，傻孩子
合法的
使妳發福
或者擁抱一張血淋淋的占板

於是早上醒來時就把屍體放入信封
傻孩子，妳定會感到有趣的。謹此
祝福妳
在赤裸親密的生理期
莫要掄起破碎的貞操帶
踐踏祝福

豐腴蒼白的小腿敬上

P.S.
愛，別傻了好嗎？
（http://www.elea.idv.tw/POEM/hypertext/Ehyp01.htm）

這初看跟一般平面媒體的詩作無異，但它卻有一個鏈結網。也就是說，它在網路上呈現時，有些字詞是可以在點選中作跨文本的鏈結。如第一段第五行的「拖鞋」就可以點選。點選後，就能進入另一個子畫面／目錄：

拖鞋

我們在屈臣氏買的拖鞋
除了窩生黴菌與臭味
而且小狗已經咬走我的左腳
其他尚稱完好
我打算在下個星期
搭乘我的右腳
尋找下一雙

又如第一段第十行的「上半身與下半身交界」也可以點選進入：

上半身與下半身交界

我們曾經一度沈迷在上半身與下半身交界的地方
那裏　從來沒有白天
總是住著一羣喜歡唱歌的魔鬼
圍繞在裝著火堆的汽油桶旁邊歌唱

就在上半身與下半身交界的地方
那裏　從來都是寒冷的
偶爾經過的幾頭不知名的獸
牠們有已經結凍的藍色眼睛

上半身與下半身的交界
那裏　是從來就無法被救贖的

又如第二段第三行的「發霉」也可以點選進入：

發霉

發霉　生鏽　感到非常疲倦
許多個妳　或者是我
在窗前呆坐等待對方下班的下午
因下了很久的雨的故
腐朽　發臭　缺乏共同的話題
做完愛後習慣性點一根菸
無數個沈默茫然的天花板為
然後
整個世界一起潰爛

又如第二段第十行的「衛生」也可以點選進入:

衛生

衛生＝乾淨
衛生＝吃過午飯後睡個午覺
衛生＝小鎮裏浮著藥味與咳嗽聲的破舊診所
衛生＝「」
衛生〉＝我
衛生〈＝你

又如第三段第四行的「占」也可以點選進入:

占

敬告讀者
這是一個錯字

又如第三段第八行的「教堂」也可以點選進入：

教堂

我不喜歡教堂
教堂允許我們生小孩
卻不准我們做愛

這很明顯有超鏈結的企圖，卻沒有超鏈結的事實。換句話說，這個鏈結網是封閉的而不是理該有的開放式的（前面提到的那些「網路詩」和「網路小說」，成果多為後出，但進展得很有限）。這種所得期待的開放式的鏈結網，當不是像論者所說的還可以「鏈結到其他文類、其他媒體、其他作者，甚至不斷延伸個別作品的可能性，而形成有如『文字的歧路花園』一般」而已（廖咸浩，1998），它還得開放空間讓讀者也能夠參與寫作，而使得徹底超文本化或多向文本化的情況再進一層的泯除「書寫」和「閱讀」的界線；否則只是有限度的單方的鏈結，所有書寫和閱讀的成規都會被召喚回來而抵銷了跨文本式的基進創新的用意（周慶華，2007a：285～290）。當然，並不是說徹底超文本化或多向文本化就一定可以成功，而是說它至少在表面上要給人有基進跨文本的態勢，才能透顯多向和互動這些審美感興的進趨性。

在「發展方向」方面，倘若審美創新一直要依賴新科技的賜予「絕處逢生」的機會，那麼在當今能趨疲全面性的威脅下（周慶華，2008a；2008b；2010a；2011a；2011b；2016），這同樣也是無法保證明天的；以至所謂的發展云云，就只是不考慮資源的「節約利用」和文化的「永續經營」前提下的一個冒險前進行動罷了。它在相對上必須對有關軟體（如HTML、ASP、GIF、JAVA和FLASH等）的熟練運用，以及相關超文本或多向文本觀念的「極大化」儲備〔它要讓人如在「超文本」裏研讀小說（或任何書寫、視聽文本）時，我們所掌握的不僅是螢幕上的初始文本，還有其他相關文本（相關的小說、信函、傳記、評論、批評和社經文化背景材料等），可以參閱、柱解和從新編排」這一論者所歸結的基本觀念（Peter Brooker，2003: 195～196）外，更進一層的將寫作無限超文本化或多向文本化〕；也許在玩膩了多向／互動的遊戲後，還得面對一個可能的「徹底解構文本也徹底虛無」的困局（周慶華，2007a：290～291）。

顯見網路超鏈結的新解構效果，至今還是一個「不得不爾」的假象（大家都知道那是在玩超鏈結的遊戲），它終究會被權力主體從新喚回原不該解構的成分（比照對後現代的後設批判）。因此，它的「後網路主義」的可寄望性，也就在未來的無限延異姿采和全面互動機制的形成。就以後者為例，現在所能見到的情況，都還不出「僅能局部互動」的範圍。如須文蔚「觸電新詩網」（http://eleverse.wmway.idv.tw/）有一首「典型」的詩作叫做〈追夢人〉，它以JAVA編寫，邀請讀者填完十個問題後，才會呈現讀者和程式作者「共同完成」的詩作。它的程序是：

1.你和你的情人的總和□（任選一數字）

2.為情所困，失眠天數□（任選一數字）

3.你的名字□□□（請填你的名字或暱名）
4.你最喜歡的魚□（請務必填入一種魚）
5.你最愛的海洋□（請務必填入一個海洋）
6.你喜歡的床□（請務必填入一張床）
7.你最喜歡的花□（要有花瓣喔）
8.你最心愛的人□（沒有情人，就填心所愛的人）
9.你最駭怕的天災□（人禍也可以啦）
10.你在道別時會說的話□

當中4、5、6，會分別給「座頭鯨／神仙魚／熱帶魚／美人魚／黃魚／鱸魚／吳郭魚／虱目魚」、「大西洋／太平洋／印度洋／黑海／北極海／冰洋／尋夢洋」和「席夢思／水床／單人床／遼闊的單人床／行軍床／海床」等提示（要你偷看）；而你如果按題填入10、1、Liz、座頭鯨、太平洋、席夢思、玫瑰、James、戰爭和這就是人生等，就會出現這麼一首詩：

10個海洋與1個無眠的夜——獻給James

一尾泅泳於我的睡夢中
尾鰭把暈船的星星撥弄出水晶音樂隨即沒入的荒涼裏
寂靜席捲我1個無眠的夜
我不要在上等待消逝的夢
也不在岸邊打撈你如玫瑰花般墜落的身影
決心把戰爭後的心浸入海潮
非法闖入你隱身的10個海洋
在你的遺留的踪影裏探險
這就是人生

四、系統內的未竟事業

但如同前面所說的，這類互動機制還無法完全開放給讀者參與寫作，導致所有書寫和閱讀的成規都會被召喚回來而抵銷了跨文本的基進創新的用意。雖然後者也可以成為一種新的「數位文學」觀（周慶華，2008a：224-226），但在相關條件不能一起配合的情況下，它大概也只能停留在「一種想望」階段。這是寫作／接受機制的網路時代流變的一個新變數，有關的寫作／接受得在它的包容下，據為法則和準繩，才能雙雙權稱有體制可循。至於氣化觀型文化中人相似的「難以更新」問題，則不妨末了再一併另作考量而以為蹊徑別開。

捕風捉影篇

第七章　新世代詩人的語言癖好

一、所謂新世代詩人

談論詩，可以談論它的意象，也可以談論它的韻律，還可以談論它的情思，更可以談論它在歷史上的命運以及在時代環境下所受的委屈。但這種談法，對臺灣新世代詩人的作品來說，可能都嫌老套或不那麼相應。也就是說，意象的經營和韻律的講究一類寫作的規範，已經不是正在追趕新潮流的他們所在意的了；而所謂深刻情思的呼籲或歷史使命感的加被或社會良心持守者的期待，也快要成為他們眼中的肥皂劇，很難藉來激勵或感動他們。那麼剩下來還有什麼可以談論的？我想只有「語言遊戲」的歡悅一項。

這得從「新世代」的認知開始談起。大體上，新世代一詞的出現，不是老成的一代基於「後生可畏」的感喟而特許給年輕一輩的，而是後出的一代為了「影響焦慮」不得不自我封號的。且看希代版的《新世代小說大系》和書林版的《臺灣新世代詩人大系》，這相對於天視版的《當代中國新文學大系》、九歌版的《中華現代文學大系》或洪範、爾雅、新地、前衛等出版社所出版的各類文學選集並不時興區隔作家來說，它所標榜的新世代就成了形同向前行代告別的輓歌以及一種企圖管領風騷的徵象。因此，新世代命名的背後，實際上有著不滿、自負和勇於趨新等複雜的情緒。

《新世代小說大系》和《臺灣新世代詩人大系》在選編時，編者（前為黃凡和林燿德，後為簡政珍和林燿德）首先以新世代來指稱1949年以後在臺灣出生的作家（黃凡等主編，1989；簡政珍等主編，1990），並將自己列名其中。而在前大系裏，還明白的提出近似所謂「新世代的宣言」：「如果我們正提出一個新世代宣言，那麼這個宣言毫無一致之處。因為我們的內容是一種新世代的多元氣氛，拋棄僵硬沉重的歷史包袱，也是藐視強買強賣的理論策略；我們有權利擁抱視野所及的一切化育養成新天新地，也有權利粉碎人間一切斯文掃地的迷信和龜裂崩頹的偶像」（黃凡等主編，1989：4）。在這個宣言中所標出的三反（反專斷、反教條、反權威）、二多（多元化、多觸角）和一重（重文本）等特徵（中國青年寫作協會編，1997：97～112），已經隱喻著新世代作家的「世代交替」性格（文訊雜誌社主編，1996：425～431）。爾後討論相關課題的人，不論對新世代的年齡界限是否有異見（或說出生於四〇年代初，或說出生於六〇年代以後），幾乎都無法否認新世代作家有強烈的反叛或超越前行代作家的意識（孟樊等編，1990：229～231；孟樊，1995：349～350；文訊雜誌社主編，1996：363～375）。

雖然如此，新世代作家究竟如何的在反影響以及是否真的反影響成功了，也還是一個有待分辨的變數。以詩創作來說，有人認為新世代後繼乏力：「八〇年代之前每一階段的新生代詩人，不論他們對詩社或詩刊的維繫力有多麼短暫，他們的爆發力都非常驚人。至九〇年代以降，這樣的『風聲』或『爆炸聲』似乎稀稀落落，似乎渺不可聞，詩的『傳承』面臨了一次極大的轉折點……他們（指新世代詩人）非常個人化，無法無所謂而為，卻又不易成為英雄。他們比前行代詩人面對的困境似乎更大」（文訊雜誌社主編，

1996：702）；有人認為新世代無可限量：「新世代詩人真的交不出耀眼的成績單？現代詩將終結在九〇年代詩人身上？在文壇世代交替的風潮中 ，無論是執迷於文學世代是代代相承的關係者，認定世代必然會承接上一代所創造的遺澤，或是把詩壇生態視為金字塔結構者，往往對新世代詩人是採取『視而不見』的態度。林燿德曾經不只一次表示，無論以量或質的觀點檢視新世代詩人的表現，他們在詩創作、詩評論、文學活動參與上，都有極為具備份量的作品產出，並且已經建立出具有獨特性、專屬性的題材。就以最近興起的網路詩社（《晨曦》詩刊）為例，在成立短短五個月之內就累積了千餘首詩創作，在版上發表作品的詩人高達五十餘位，頗有『平地一聲雷』的架勢，似乎就正以作品為自身的表現作辯護」（中國青年寫作協會編，1997：144～145），雖然彼此都承認新世代的反影響企圖，但前者的「哀悼」和後者的「義憤」卻使得新世代反影響與否的機率在五五波之間。類似兩極化評價的情況，也顯現在一些比較細部的討論上，如有人認為新世代詩作「從簡單的形式之中，在小小的句子語碼之間組合，意象渙散，完整句子被分解破碎，語言跳動，瓦解了語言的必然性和承接關係，徒然製造了部分形式上的驚奇、翻新。以『點到為止』的絃外之音，呈現外在的小聰明，而非深潛的智慧」（張國治，1990），而同時對於新世代詩人喜歡賣弄某些流行詩題（如文明紀事、末世紀、末日、物語、定律、考、宣言等等）也不免要加上「新世代詩人之於星球、文明、歷史、愛情、戰爭，甚至未知的超時空，有著怎樣深刻的體驗？抑或只是名詞的堆砌」一類的質疑（張國治，1989）；但有人卻認為「不管這些流行語彙、術語或詩題是否真如論者所說乃意味著『八〇年代精神層面更深的失落、時代的虛無、語言的暴竭及貧乏』，事實上它們恰恰呈現了臺灣世紀末的獨有特色；而就它們的語言的使用來說，這就是詩創作的感官化及科技化」，而「在語言的感官化及科技化之餘，如上所述（略），後現代可說是新世代詩人在世紀末的時代中所表現出來最為搶眼的特色。後現代詩的主要特徵如下：（一）文類界線的泯滅；（二）後設語言的嵌入；（三）博議的拼貼和混合；（四）意符的遊戲；（五）事件般的即興演出；（六）更新的圖像詩和字體的形式實驗；（七）諧擬的大量被引用；其他還有脫離中心、形式和內容分離、眾聲喧嘩、崇高滑落……等特點」，「而不論是有意還是無意，這種跟往昔大異其趣的『詩體』，最終仍是實踐了它對前行代的反叛；坦白說，如果不是由於後現代的反叛，包括臺語詩、客語詩，甚或原住民詩它們除了使用的母語不同外，形式及技巧仍沿襲寫實主義那一套都構不成新世代詩人自己的特色。因為不論是援用現代主義或寫實主義的技巧，詩即使寫得再好，還是逃脫不出拾前行代牙慧的範疇，傑出的年輕詩人在臺灣詩史上，永遠只能附第一代、第二代大家的驥尾，至於開宗立派、另譜世紀末的時代色彩、重寫歷史、開拓新批評理論的視野等『豐功偉業』更談不上了」（孟樊，1995：350～354）。這種情況，豈不應驗了「臺灣新詩在世代觀念下，其實隱含了各種意識形態和區分體系的權力流動」（鄭慧如，2000）這樣的論斷？

可見世代可以劃分，正如文學史也可以切割成五〇、六〇、七〇、八〇年代等等（林燿德主編，1993；文訊雜誌社主編，1996；陳義芝主編，1998），但這種劃分或切割並不是什麼先驗的真理，而是劃分者或切割者基於論述或主導論述的需要而權為處理的；它的正當性與否僅存在於認同者或接受者的多寡。目前似乎還沒有一種論述能普遍的使人信服，倒是為了新世代的命名和賦予的意義所流露的解釋權爭奪戰還在擴大效應中；而新世代的自我標榜和非新世代者或不滿新世代者的鄙薄排擠，勢必還會繼續對峙下去。現在我個人再把新世代詩人提出來討論，並無意要去仲裁什麼，只希望自我完足論述，展現一種必要且不跟時流競合的觀察。也就是說，每一個時期都有新世代（何況它還可以任人定義呢），而所謂「臺灣新世代詩人」，在當下就只合用來指稱九〇年代以來在臺灣一地出現或活躍的年輕一輩的詩人；他們大多在二十歲到三十歲之間（最大不超過四十歲），發表詩作的管道，除了傳統的媒體（如報紙、雜誌、書籍等），還增加了新興的媒體（如電子書、網際網路等）。而它們究竟在想些什麼或寫了些什麼東西，不妨也藉機來談一談。由於這種談論旨在提供一種「異樣」的思路，自然不會跟時下相關的論述相搭調。

二、詩觀非詩

比起七、八〇年代或再早一點的（新世代）詩人，九〇年代以來（特別是九〇年代末）的新世代詩人顯然很少喊口號或較少有喊口號的機會。偶爾有傳播媒體為他們預留篇幅，要他們抒發「對詩的看法」，也是表現得生澀靦腆。有人認為這是他們的幸運，因為「寫詩本是私密的情感表達，詩觀這事究竟也是個人主張，未便扞格。可是在特定的文化情境下，羣體認同往往籠罩了個人的詩觀，使得千差萬別的個體只得接受空泛的口號式詩觀，研擬一套『新世代』的屬性，以抗衡其他世代。比如強調一切『新』的：都市詩、政治詩、科幻詩、生態詩、臺語詩、大眾詩、文類泯滅、多媒體概念，張燈結綵地召告天下：『我們敲我們自己的鑼打我們自己的鼓舞我們自己的龍』。當中不見得有壟斷的情形，但顯然是壁壘分明的。沒有出聲的『新世代』，也就等於默認了」，而現在後出的新詩人的「詩觀沒有被大敘述概念化，可以左一種詩觀右一種詩觀，從不同的角度顯現自己，就立體得多」（鄭慧如，2000）。論者這樣的觀察和慶幸方式，未必公允；畢竟這些新世代詩人大多年紀還輕，可能尚未形塑出一種可以大力推銷的詩觀，也可能還沒有機會結引同夥而聲氣相通的張揚相關詩的主張。因此，要說他們比先前的詩人幸運並預期他們有更寬廣的發展空間，顯然是論斷下得稍早了一點。

最近幾年網路文學興起，許多新世代詩人紛紛進駐網路這個新舞臺而要大顯身手一番，他們看準「網路的去中心的作用力，將挑戰以副刊為主的文化主導權」以及「隨著作者發表空間的大幅擴張，被文學副刊守門人企畫編輯所排擠的作品，將可以在網路找到生機」（須文蔚，2003a：139引）；只是「部分詩人拒絕加入既有的同仁詩刊，保持一種獨立和孤絕，但始終沒有具體和完整的文學主張出現，無法進一步凝聚團體向心力」（須文蔚，2003a：139引）。換句話說，新世代詩人的興趣大多還停留在創作上，至於背後用來支持創作的理念或信念，就有勞日後再去尋找或創發了。雖然如此，近年《臺灣詩學季刊》特別製作了一期「新世代詩人大展」專號（第30期，2000），網羅刊載近六十位新世代詩人二百多首詩作，並且提供空間讓他們陳述「詩觀」，卻也逼出了一點他們所能想到的對詩的看法。這正好可以藉來先行檢視，以便導出或對照後面的論述。

整體看來，新世代詩人的詩觀不論是否嘗試在回答諸如「詩是什麼？詩可以寫什麼？詩有什麼用？詩要怎麼寫才好？詩的形式、韻律、主題等相互之間如何呼應」等問題（李瑞騰，2000），都（普遍）還不盡能區分對象論述和後設論述。如「欣賞從生命開出來的詩，而不是僅剩策略的文字遊戲，相信詩的魅力來自於默化，而非宣示。一但有強烈的詩感，就毫不猶豫與人分享」（李眉，頁92）、「寫詩的時候，常常是先有了一個想表達的主題，再從內容上去發揮。有時是因為一個自己也說不明白的剎那，有了一個句子。句子勾引出更多的句子，一種無意識的犯罪行為。寫詩要莽撞，不然，靈魂很容易就生鏽了」（孫梓評，頁185）、「作詩的技巧上認為一個詩人可以勇於嘗試各種可能：創新的、復古的、顛覆的、守舊的……原來是應該要主張『出奇致勝』的，但奇如果成為一個慣性，反而變成正了；所以我以為對詩技巧的運用應奇正相參，正如詩人毋須老是穿同一色系的衣服」（吳東晟，頁205）、「最初，我總是想鋪陳一首詩，以為可以仿調酒一樣搖晃字句、節奏，然後醞釀出什麼。但每回我總是哇一聲發現，與其說是我寫詩，不如說我的手足被詩攤開，或者我的頭皮被詩深淺不一的削進」（Lee，頁219）等，在這些論述中，第一級序的「詩本身」被遮掩了，只存第二級序的「詩感」或「寫詩」或「作詩」，變成空逞意見，猶如無厘頭般的戲耍一番。由於不能或不知在對象論述上有所發揮（為詩本身作界定或再行創發），而一下跳進後設論述的範疇裏（而又無法有效或完密的論述下去），導致遲滯了新世代詩人詩觀的理論化或體系化的建構（如果必要的話），也妨礙到新世代詩人晉身為文壇的「意見領袖」（如果需要的話）。換句話說，新世代詩人如果不能強化自己的思辨能力，只憑著近似「直覺」的發發議論，想要學前行代詩人登高一呼而再領風騷，是不太可能的事。不過，話說回來，新世代詩人也許不在意這些時譽，他們自有一種「隨興」或「任意」的生活方式，外人毋須教他們過得太沉重。

沿著後面這個論點再深入一點考察，新世代詩人的詩觀又呈現了一個普遍性的特徵：非詩。「非」在這裏是動詞，有「否定」的意思。而所謂非詩，是指否定先前被詩學流派所形塑而成的詩觀。如「到現在我仍是一個懷疑論者……我的詩永不會有答案，只不過是像小學生不斷舉手發問的過程罷了」（李進文，頁18～19）、「我曾聽人說過，詩是活過、愛過、掙扎過的痕跡。但我相信，詩也可以是逸離時空的證據。所謂『逸離』，可能是神遊萬里，思接千載，不為一時一地的見聞所限制；但也可能是活在自我營構的幻境之中，忘記今生今世斯土斯民，唯詩意美感是問」（唐捐，頁57）、「很少是因為什麼『創作觀』而去寫的，至少在一開始，至少在還年輕的風花雪月裏，至少在不記得的那一年，在早已遠颺時空裏的那白紙上……我寫下了第一行詩句……只是寫了，寫得多的時候會想，該寫點不一樣的了；下次換這個題材試試，下次寫那種語言吧！就像每天想要新鮮的感覺，為房間擺上一束鮮花，整星期穿著辣妹裝上班，想到時卻T恤牛仔亂跑；偶爾會想寫那種無厘頭的東西，那也是生活。對我來說，處境裏的現實，處境外的幻想，都是生活，都是創作」（侯馨婷，頁114）、「文學不應該有流行，或者經典的標籤。文學和或坐或臥的人們一起，就算末日來臨也不退卻，沒有什麼是文學一定的模樣。超越性別，超越空間，超越時間，超越種族……『超越』是人的本能，就是文學。詩啊，原是生命和生命的對白」（林怡翠，頁177）、「唐宋已遠，現代詩的流向若隱若現，所謂詩壇到底是一種意識形態還是一種威權宰制？我們這一代人其實很難去插手這一類已近乎腐壞的硝煙。對於傳統的所謂詩界，我們仍然有所嚮往卻已不再迷戀，因為詩不再存在於所謂主編、評審，或者大老的手中，詩在我們自己的鍵盤下飛馳。關掉電腦螢幕，我不是什麼出名的詩人，但我也寫詩，也和一羣網路上的詩友，快樂地爭論彼此的詩觀」（鯨向海，頁198）等，這不論是有意還是無意，都表明了沒有一個新詩流派（包括寫實主義、浪漫主義、現代主義、後現代主義、女性主義等等）的理論束縛得了他們（而前面所點出的空逞意見，在他們原來就是沒有什麼「詩的實質」可說）；他們要的是驅遣語言的自由以及穿過他們自己所編織的語言簾幕所遭遇的種種情感的凌轢和波動。這是他們參與生活和求取歡悅的極致，此外他們無法（不必）自我寄望，別人也無從對他們多所寄望。而這種「非詩」的詩觀，從另一個角度看，無異也在為更多元的詩學探路（而不盡是停留在非議舊流派的階段）；至於能否成功，那就有待他們後續的努力了。

三、語言／遊戲

以目前的情況來看，新世代詩人對於寫詩這件事的看法，約略可以說是非嚴肅性的，也就是不像寫實派那樣「為人生而藝術」或浪漫派那樣「為藝術而藝術」或現代派那樣「為現代人尋找精神上的出路」或後現代派那樣「為重開人類文化的新版圖」或女性派那樣「為喚起歷史上缺席的女人」；他們毋寧是還沉溺在嬉遊的氛圍裏。所謂「在靈魂裏跳躍，在生活裏結晶，詩這樣的文學形式，是自由和拘束的綜合體。我喜歡寫詩，因為寫詩讓我覺得快樂，覺得自在。文字的轉折和想像，被應允了最大的想像空間」（劉叔慧，頁88）、「創作好比瓦普飛行，最有趣的部分自是途中空間扭曲摺疊的過程。能夠說些什麼感想之類，已是抵達目的座標、一切結束之時。將詩觀闡明，也恐怕僅是一剎那的想法。也許正因為執著無止盡的航行，才能一直偷窺空間扭摺纏繞的驚美風情吧。至少目前我還沒有下錨的念頭」（林羣盛，頁95）、「或許是罷，對文字太強力的介入是會弄巧成拙的。對文字我一向不是非常具有把握和信心；更多時候我會像脫線版的神農氏嚐到了好吃的藥草就一股腦兒塞進藥壺裏……我可以體會得到自己詩的漂移和傾斜。因此，可能也無法察覺很多時候，我只是以精神上的滿足在對自己的詩自慰而已」（洪書勤，頁157）、「一種私人的而又開放的語言，我寫詩。一種欲語還休，我寫詩。一種天真的任想像奔馳，我寫詩。一種你可以了解我又看不太清楚的方法，我寫詩。詩，是我慣有的語言和執著；讓我以這種方式，愛你」（廖之韻，頁171）等，都不脫童稚遊戲取樂的體驗或想望，而以語言世界為他們所盡情馳騁的場域。

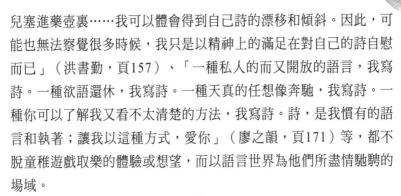

其實，這種語言遊戲觀，在先前的語用學和形構主義（包括形式主義、結構主義、後結構主義、解構主義等等）的理論裏已經被強調了，只是彼此的內涵略有不同。在語用學方面，把語言當作是一種交互影響的行為，是一種遊戲；在遊戲中，說者和聽者都直覺地領會到自己的語言團體的規則和雙方所使用的策略。因此，說者難免會利用語言遊戲來達成某些目的（如誘騙、說服、誇耀自己的才能，博取尊榮或敬重），而聽者也會尋覓可以遊戲的空間給予某些回應（如挖苦、諷刺、譴責說者的缺陷，瓦解對方的權威性或神聖性），以至這種遊戲可以無止盡的進行下去（Peter Farb，1990：1～4）。而在形構主義方面，把文學創作看作一種語言遊戲，它基本上是襲自Ludwig Wittgenstein的講法：「『語言遊戲』一詞是為了強調一個事實，就是語言是一種活動的組成部分，或者一種生活形式的組成部分」（Ludwig Wittgenstein，1990：14），但它的理論基礎還在於作者（主體）失去了對作品的主宰權：首先，「一部作品（文本），固然是由某個作者執筆寫成，但在從事寫作時，作者的意識形態和社會成分都會寫入作品之中；那麼作者的個人性顯然遜於他的社會性。他的思想、信仰、價值觀等等都是屬於意識形態的範疇，而這些理念的表達也跟作者所處的社會架構和經濟狀況息息相關」；其次，「文學表現的風格和成規，進一步說明了作者並非信手拈來皆文章。事實上，文學成規主宰著作者觀念的表達模式。一個作家，任他再怎麼前衛，總得依憑他的社羣同僚所共知的成規，他的語言表現才可解」；再次，「就詮釋學的觀點來看，閱讀行為隱含著作者和讀者的對話，而讀者的詮釋權宜性很大。也就是說，任何詮釋者都不宜武斷地聲揚他的權威，因為作者原始的意義已經不得而知」（蔡源煌，1988：249～250）。換句話說，「文本本身就具有多重空間，多種管道，並納入各式文體，它的繁瑣性攻破了作品擁有作者單一聲音的說法。此外，一般文本由於受底層文化結構限制，無論是思想，或是用詞遣句，都是取決於預先依特定結構或思想意理編排好的文化大詞典；因此，每一篇『文章』不過是由無數引句堆砌而成罷了，作者也不過是剪貼匠或拼圖工，更不可能表達一個有創意，或是一個特定絕對的信息。相反的，文章因為不是封閉完整單一的個體，它的開放和多元性，為讀者提供了無窮盡的詮釋孔道」（呂正惠主編，1991：88～89）。更有甚者，「德希達堅持認為，作者寫作是一種製造『蹤跡』的活動……寫作具有非復現性，它不是作者內心情思的語言表達。『寫作是撤退』，是作者透過寫作並在寫作中『撤退』。他不斷使文本和作者自身的言語疏離，讓言語獨自說話，並由此獲得言說的全新生命」（王岳川，1993：105）。這樣文學創作就不只是「零度寫作」而已（按：「零度寫作」是Roland Barthes早期的文學觀，它指的是一種「直陳式寫作」或「新聞性寫作」或「中性的寫作」或「純潔的寫作」）（Roland Barthes，1992：57），它已經變成純粹的「意符追蹤遊戲」。而這又跟Ludwig Wittgenstein的講法有了天壤之別（Ludwig Wittgenstein所說的語言遊戲，是指雙方根據某些完善的規則相互作用的言語活動，少不了參與遊戲者的「意圖」；而這在Jacques Derrida那裏幾乎全被否定掉了），也跟語用學家的觀念大異其趣（周慶華，1996：157～159）。上述的（語言）遊戲觀，多少都帶有目的性或刻意性（也就是嘗試要改變人使用語言或文學創作的觀念），語言仍免除不了要有所「擔負」（即使如形構主義可以否定作者對作品的意圖，但仍無法否定作者對社會的意圖；因為形構主義的實踐處，就是要推翻政治上的權威宰制和解除形上的束縛以恢復人的自由（廖炳惠，1985：15～16；李永熾，1993：282～284）；而新世代詩人所認知的（詩）語言是不需承載什麼的，它就等同於非上述性質的遊戲論（可以用斜槓銜接成：語言／遊戲）。這種遊戲是即興的、短暫的，而且可以隨時更換戲碼的。

本身是新世代詩人，也勤於耕耘網路文學的須文蔚，他在考察網路詩創作時，發現多有突破傳統詩創作的例證，如「新具體詩」（結合文書排版、繪畫、攝影和電腦合成的技術，強調出視覺引發詩的思考）、「多向詩」（詩文本利用超鏈結串起來，讀者可以隨意讀取）、「多媒體詩」（網路詩整合文字、圖形、動畫、聲音等多種媒體，使它接近影視媒體的創作文本）、「互動詩」（網路詩的寫作配合程式語言，如利用CGI或JAVA，文本就不僅具有展示功能，它還具有互動性，可以讓閱聽者參與創作的行列，形成創作接龍的遊戲）等等（須文蔚，2003a：52～58）。在這裏，語言幾乎全失去了指涉作用，它跟遊戲機（電腦）一起共構遊戲，狎弄人心。新世代詩人既然也迷上了網路這個表演舞臺，就不可能像以前的人那樣真心而嚴肅的對待語言，他們終究要在一個不確定起點和終點的遊戲場域裏討生活。

四、囈語／獨白

由「博」返「約」，以《臺灣詩學季刊》所載那些新世代詩人的詩作為例，一探新世代詩人到底喜歡什麼樣的把戲。上面提到新世代詩人寫詩，普遍不再有道德負擔或文化使命感，那麼他們又執著了什麼？也就是說，遊戲（玩）也是一種執著，新世代詩人總有他們所喜愛的戲碼，就近加以探討，也許可以避免誤發「隔離」禁令或濫施「虛無」譴責。

大體上，新世代詩人特別鍾情於獨白，如「一種自我的爆裂／燈／摘除自己的眼睛／不再凝視／被閹割的地球／我是閹割了的地球上／一個被強迫買燈的孩子」（李眉〈買燈〉，頁92～93）、「挪開一簇簇植物我艱澀的游動，在綠色冰冷的耳語中（不太了解這些植物所表達的是譏笑或驅逐）我完全不知道要向那葉笑聲走去……它們竟如此相似……／最後是風挽著我的影子我的影子拽著我走出了這片綠色的嘲弄聲；我回頭時仍然看到它們細長的手臂揮動著濃郁的喧嚷；前面是一條懸空的小路，一旁是巨大的樹叢／路上幾乎什麼也沒有／路上什麼也沒有／路上沒有什麼」（林羣盛〈旅，零光度〉，頁96～97）、「鏤空的城市／是不能寫進任何憂傷的／程式／我們敲入標點／句號是誓言的圈套／，用來填補我們愛情的傷／下午五點的天空／出現一白色的／破折號——」（木焱〈另一種城市〉，頁152）、「結痂的日子／暴風雨中打濕的信仰／還有多少牲品靜候被吞食／下一場急性腸炎來臨之前／我們就是這樣／排泄了神」（鯨向海〈精神狀態〉，頁199）、「一端向光，一端向／泥濘的動物園／我的味蕾足夠負載／數次方的憂鬱／穿過甬道，猿猴們激動地／拍打牠們酷似人類的／頭蓋骨／馬車正在融化／我必須以更緩慢的速度／等待一個充滿南瓜和老鼠的樂園」（楊佳嫻〈或者不相愛〉，頁223）等。這不羼滲雜音，也不預設接受者，只是恁地一逕面對自己發聲。我們知道獨白相對的是對話，而對話是指人和人的交談，它是「開放性的，沒有固定程式的談話」（孟樊等主編，1997：215），或是「一種平等、開放、自由、民主、協調、富有情趣和美感、時時激發出心意和遐想的交談」（滕守堯，1995：22～24）。此外，還有基於不同的立場而選擇對話的方式，如Tzvetan Todorov為了批判教條論批評家、印象主義批評家、歷史批評家、內在論批評家、結構主義批評家等禁止跟文學作品對話、拒絕評判文學作品所闡述的真理而倡導一種「探索真理式的對話」（Tzvetan Todorov，1990：184～185）；又如Herbert Mainusch為了對抗系統美學的僵化形式或獨斷式真理觀而提倡一種「懷疑論式的對話」（Herbert Mainusch，1992：36）。後面這些多少都源於古希臘時代所見的為某一真理反覆論辯的對話傳統（Plato, 1989；周慶華，1999b：42～44）。有人曾將這一對話方式，細分為「辯證式的對話」和「互補式的對話」兩種類型：前者是採取辯論的方式去認識真理，從而挖掘事物中潛在的可能性，並達到它各自的對立面（真理）；後者是參與對話者圍繞著一個共同的話題，共同貢獻出自己的智慧，逐步接近真理（蔣原倫等，1994：199～205）。但以上這些似乎都不是新世代詩人所感興趣的。新世代詩人喜歡「自己說了算數」，不期待知音，也不在意回響；自然沒有在詩作中安排一些異質的聲音。

換個角度看，對話本身實際上也是一種獨白；它被稱作「自我辯證的戲劇性獨白」：「（哈伯瑪斯所謂）理想的對話情境預設了對話的兩造並立於對等的發言位置，在一個沒有扭曲壓迫的溝通脈絡中透過符號互動達到彼此的相互理解，進而形成『共識』。然而，詮釋學大師伽達瑪揭示出『對話』更深一層的『精神』，對話的『主體』不是兩造的對話者，而是對話本身所欲展現的『主題』

或『真理』，一個黑格爾式的『理念』。對話的重點不是對話雙方彼此的溝通交流、相互理解，而是一個黑格爾理念式的『主題』透過對話雙方的正反立場進行自我辯證的戲劇性獨白。這是自柏拉圖對話錄以降，主宰整個西方思考模式的『辯證法』。所有的『對話』都是一種『辯證』的獨白，透過相對差異的發言位置而到達普遍絕對的理念。法國科學哲學家瑟赫指出：『辯證法使得對話的雙方站在同一邊進行，他們共同戰鬥以產生他們所能同意的真理，那就是說，產生成功的溝通。』『這樣的溝通是兩個對話者所玩的一種遊戲，他們聯合起來抵制干擾和混淆，抵制那些貿然中斷溝通的個體。』凡是在溝通傳播的過程中造成干擾阻礙的現象，瑟赫稱之為『雜音』，中斷溝通傳播的個體，則稱之為『第三者』；只有設置一個『第三者』作為共同敵人，兩造的對話才能並立於同一陣線，成為稟持同一『共識』的『我們』」（路況，1993：32）。但新世代詩人所喜歡的獨白卻搆不上這一類型，它反而更像囈語：「焦躁的母雞拉起牠的提琴關於／未來快速滋長的綠林我們／伸出七隻手指朝向不清楚／流動著的羊、馬以及魚充血的眼睛」（王信〈概念詩派宣言第一號〉，頁118）、「翻遍了櫃子／發現：只有咀嚼才是唯一的真實／烹調欲望。吃吃吃吃，烘焙夢想／吃吃吃吃。吃掉一間屋子一條道路。吃吃／吃吃。吃掉日出，吃掉饑渴的，厭惡的。／吃掉餅乾。嗝眾的口水。一本書」（孫梓評〈如果敵人來了〉，頁189）、「沒有固定的原則／決定下一步是左腳還是／斷折的翅膀／恨意不曾真的發生／唯獨愛，不斷有機培養／眾多畸形的獸」（翰翰〈世事〉，頁193）、「沒有做愛也沒有我的小／說像老鼠活著的時候也做愛／後來也死了的老鼠的所以女／孩子們湊巧都走了她們熱愛／死底的高潮做愛時呼吸困難／我的小說並不它把我放在牧／場的山上在冬天我以幽靈姿／態出現喃喃著咬去眾人的耳／朵於是她們缺乏敏感缺乏能／力戰慄做愛時很激烈但沒有／淚流下並不時催促地說著喜／歡頭仰永遠四十五度否則就／倒立練瑜伽於是她們消費一／本小說充滿動人的字眼做愛／和死的字眼而我的小說並不」（Lee〈我的小說並不〉，頁220），這已經遠離清醒時的告白，而戛戛乎接近夢話了。既然是夢話，也就毋須大費周章（或不識趣）的去為它尋繹條理，不如讓它「如是」的存在著。

五、只是要說

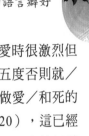

詩人瘂弦曾經為鴻鴻的詩集《黑暗中的音樂》寫序，說了一段不知是憐憫還是羨慕或是嫉妒的話：「他們（指鴻鴻和其他年紀相仿的詩人）來時，好像所有的爭辯都發生過了，也似乎所有的問題都解決了：他們面對的，是一個問題最少、最小的時代。他們不需要作二〇年代的社會改革家、三〇年代的抵禦外侮的戰鬥者，也不需要作左翼文學的宣傳員、鄉土文學的農村代言人，而對後現代的種種理論實踐也沒有比他們年紀稍長的詩人那樣執著。是的，過去飽經痛苦折磨的詩人，已經為他們打開了一個廣闊的文學環境，所有的壓力好像都不存在了；除了寫詩，別的好像不能證明什麼了！其實，就是連寫詩也彷彿不能證明什麼，只要去『過』一首詩，把詩當作一種生活方式，擁有它，享受它，而不為它所役」（鴻鴻，1990：瘂弦序13）。新世代詩人看了這段話，不知會作何感想；但我猜新世代詩人多半不會認同籠罩在他們上空的陰霾，已經被前行代詩人代為掃除了。現實環境的詭譎不定、資訊科技的瞬息萬變、生活步調的凌亂失序、身家性命的缺乏保障以及人生前途的未見著落等等，都會讓他們難以消受。他們不必試著去揣摩前行代詩人所感受的苦難，已經一頭栽進時代昏濁急漩的污水裏，掙扎著要呼吸；這是一種比前行代詩人的遭遇「有過之而無不及」的充滿著失落、焦慮、不安、苦悶等成分的另類苦難！因此，寫詩只是為了發出聲音，一圖短暫的快感，也藉機排除茫茫人海中無處攀援的寂寥。

「只是要說」，就像他們所表達的詩觀一樣。所以像「詩言志」（須文蔚，頁37）、「詩觀？安身立命而已」（陳耀宗，頁121）這樣籠統含混的話，或像「為自己劃定疆界的人，永遠無法成為偉大的王……是的，我們需要開疆拓土的將軍，不是坐享領地的王」（紀小樣，頁61）、「我不是什麼詩人。在這個做『人』──真正的『人』──都十分艱難的時代，做『詩人』未免是太過遙遠的夢……所幸自己還保有追求進步的一大誘因：讓這些寫作成為『真正的聲音』，吾願足矣」（楊宗翰，頁162）這樣前後矛盾的話，或像「擁有激情的人有福了，但如果他只是成為一個不為任何什麼的木匠」（林則良，頁53）、「詩是一種語言習慣的創造，另一種溝通方式的可能」（王信，頁117）這樣不知所云的話，或像「啊！／嗯─／唰唰唰─／唉─／嗟、嗟、嗟……／嗚─／滴滴滴……／咦！／嘿！嘿！嘿！／哈／一首詩的難度及剖腹、倖存」（邵惠真，頁71）這樣諧謔俏皮的話，都只是在證明他們不甘寂寞而（像寫詩一樣）去佔個舞臺吶喊一下，表示自己還存在著。面對這種現象，大家何必緊張？他們會成長，詩觀會改變，寫詩的策略也會調整。現在他們只能這樣，大家除了正視（甚至設法協助他們廣開發展空間），還能奢望他們什麼？至於新世代詩人們如何契入本脈絡所擬議「創新」類型作品的行列，那也是他們在未來羽翼豐滿後所不可避免要一起納入思考的課題，這就不需多說了。

第八章　網路社會中作家／詩人的命運

一、作家／詩人的夢

文學創作從整體上來說，有它神聖的一面，也有它世俗的一面。神聖的一面，是因為它可以「推移變遷」或「改造修飾」語言世界、甚至可以「模想擬便」或「實況重現」神秘界而為一種深層文化的象徵；世俗的一面，是因為它也是一種必須在現實中定位和尋求發展的行為或活動而免不了會有權力的欲求。而比較神聖面和世俗面所能給一個作家的激勵程度，似乎後者要比前者更強烈或更實在一些。換句話說，作家的使命感或神秘體驗（後者接近於宗教心靈的開發）所見的文化理想，可能敵不過現實所可以給他許多好處的誘惑。這不是說文化理想妥協或被迫退位了，而是說在現實的相關好處的誘惑下，文化理想是要到了最後有空隙再求滿足的項目。而這總說跟作家的夢想有關。

作家不是像一般人所想像的只是要成就名山事業而已；他最迫切的需求還是在於晉身為文人圈中的一分子。所謂文人圈，是指「那些受過相當的知識培育及美學薰陶，既有閒暇從容閱讀，手頭又足夠寬裕以經常購買圖書，因而有能力作出個人文學判斷的人士們」所形成的交流圈。相對的則是大眾圈，它是指那些「所受教育尚不足以掌握理性判斷和詮釋能力，僅粗具一種直覺的文學鑑賞力，而工作環境和生活條件也不利於文學閱讀或養成文學閱讀習慣，甚至收入也不容許他們經常購買文學書籍」的讀者（Robert Escarpit，1990：90～92）。而一個作家一旦可以進入文人圈，他就等於換了一個身分證明而可以在文人圈這個權力場域中游走。如果幸運的話，他所創作的作品會受到讚揚，而他的聲望也會隨著水漲船高；這時他就可以比別人獲得多一點的權力。而就權力本身的產生條件來看，它原是每個人的想望；這種想望會形成強弱不等的衝動。而該衝動如果能夠得到滿足，那麼這不但會使得物質福分（如財富、地位等）快速的增加，並且還會意外擁有精神福分（如尊嚴、名譽等）的報酬；而更可觀的是，該衝動經常表現為去影響、控制、支配他人，使他人的行為符合自己的意志。此外，權力會帶給某些性格特殊的人一種心理上的補償（如有自卑感的人，擁有權力會使他產生優越感；又如缺乏安全感的人，擁有權力等於獲得一副安慰劑），而間接鼓舞了他們更積極於爭奪權力（劉軍寧，1992：73～74；周慶華，2000a：79～82）。作家都是自視很高的人，自然會比一般人更需要權力隨行而展開他所謂的創發或更新文化的偉業。而換個角度看，作家也有可能以創發或更新文化為藉口而更加強化了他內在的權力欲望。所謂「（曹丕語）蓋文章經國之大業，不朽之盛事。年壽有時而盡，榮樂止乎其身，二者必至之常期，未若文章之無窮。是以古之作者，寄身於翰墨，見意於篇籍，不假良史之詞，不脫飛馳之勢，而聲名自傳於後」（李善等，1979：965），曹丕講這段話時，忘了他是擁有權力的人（他既是皇族，又是當時文壇舉足輕重的人物），語氣中全無一點艱難狀。這對原是一個市井小民而要躋身為文人階層的人來說，不知要如何靦腆才啟齒得了呢！因此，只要你有了權力，你就可以講大話；反過來說，你可以講大話，就是因為你有了權力的關係，而那一個作家在文學創作的路上不做這種權力夢？

雖然如此，作家的權力夢還是得靠傳播機制來促成它的實現。而所謂傳播機制，是指媒體、出版機構、行銷企業、教學或研究單位等對作品的生產、流通、接受、交換等的制約力（Rex Gibson，1988；Robert Escarpit，1990；李茂政，1986；何金蘭，1989；周慶華，2002）。這一傳播機制對作家能否在文人圈立足和發展，具有決定性的影響力；以至仰賴傳播機制的幸運裁成和擴大權力範圍，也就成了作家另一個連帶的夢。而這在當今的網路社會中，又有了一些變化。

二、網路文學興起後的變化

這些變化，最主要是源於網路文學的興起。網路文學是整個網際網路生態的一環；它要得到有效的定位，勢必得從這個生態看起。在網際網路這一由電腦和網路結合為全球性而沒有中央控管的傳播媒體出現的過程中，原先是美國國防部先進研究計畫局技術戰士的大膽想像計畫。它源於1960年代，為防止蘇聯在核子大戰時佔領和破壞美國的傳播網。在某個程度上，它是種毛主義戰略的電子對等物，以在廣大領土中散布游擊力量，對抗敵人可能有的場域多樣性和知識。如同發明者所期待的，它的結果為一種網路結構，無法由任何中心所控制，而是由成千上萬的自主性電腦網路組成；它在各個電子障礙中，可以無數的方式相連接。最終由美國國防部設立了普奧網路，成為成千電腦網路的全球水平傳播網路的基礎；全球各地的個人和羣體，各就他們的目的使用網路，而離開了已過去的冷戰考量（Manuel Castells，1998：7）。這被認為是繼現代社會科學後的一大改變：現代社會科學崛起於工業秩序創造的巨變中，它來自於封建社會的廢墟。然而，世紀末的今天，巨變再度降臨。資訊時代的特徵正在於網路社會，它以全球經濟為力量，徹底動搖了以固定空間領域為基礎的國族國家或任何組織的形式（Manuel Castells，1998：譯序XVI）。但後來這種改變卻產生了廣大的虛擬社羣，也確立了資訊時代的全球化趨勢；並且因為網路的具有通達全球、並能整合所有傳播媒體及其潛在的互動性等特性，而正在改變著、且將永遠地改變我們的文化（Manuel Castells，1998：335）。而在這個新的資訊環境中，已經可以看到一些有關人事的頻密的交錯更迭現象：首先是廣泛的社會和文化分歧，導致使用者／觀看者／讀者／聽眾之間的區隔。信息不僅在傳播者的策略下被市場所區隔，也被媒體使用者自身的利益及其從互動中所獲取的優勢而日益分化。其次是使用者的日益階層化。不僅選擇多媒體被限制於那些有閒有錢的人以及有足夠市場資本的國家和地區；文化教育的差異，也造成使用者能否經由互動性使用獲益的決定性因素。多媒體的世界，將主要分成「主動的」和「被動的」兩種人口。再次是在同一個體系裏所有被傳播的信息，即使是互動的、有所選擇的，也都會導致所有信息被整合到一種共同的認知模式之中。媒介之間彼此借用符碼，並且因而模糊了自己的符碼，在不同意義的隨機混合中創造出了多面向的語義脈絡。最後是多媒體以它的多樣性捕捉了它所在的場域中絕大多數的文化表現。它終結了視聽媒體和印刷媒體、大眾文化和知性文化、娛樂和資訊以及教育和信仰之間的分離乃至區別（Manuel Castells，1998：381～382）。所謂網路「將永遠改變我們的文化」，終將不再是一句純粹虛擬的話。而創作這件成就文化的工作，自然也得在這個網路社會中一再的遭受衝擊和挑戰（周慶華，2001b：248～250）。

一些凜於網路社會威力的文學人，已經緊緊的在擁抱這一或許真能改變命運的機會，而紛紛以一種新的作家身分出現。他們可以運用網路這一新媒體而將文學作品數位化處理以廣為傳播；而這被認為所依賴的「網路的去中心的作用力，將挑戰以副刊為主的文化主導權」以及「隨著作者發表空間的大幅擴張，被文學副刊守門人企畫編輯所排擠的作品，將可以在網路找到生機」（須文蔚，2003a：139引）、甚至「作者如同回到了『古騰堡時代』，可以身兼打字員、排版者、美工設計、出版者和行銷者，直接和散居各地的讀者面對面，不需要經過媒介守門人（包括出版社、副刊編輯、雜誌編輯等）的把關，更不必透過大眾文化市場的行銷體系，就以類似『人際傳播』的方式和文學的讀者心靈情意相通，更誠實地對自己的作品」（須文蔚，2003b引）。此外，更可觀的是他們可以利用網路或電腦所有的媒體特質創作數位化作品以達多元的互動效果（林淇瀁，2001；須文蔚，2003a；張政偉，2013）。這是一種嶄新的創作、傳播和閱讀的經驗，也是一個可以稱為網路主義獨領風騷的新世代。當中網路創作的多媒體、多向文本（超文本）、即時性、互動性等等特徵，把後現代所無由出盡的解構動力徹底的展現出來了（周慶華，2001b：250～253）。作家的傳播夢想在相當程度上都可以得到實現；而傳統傳播機制對作家的制約力也同時轉變為電腦軟硬體設備和網路生態對作家的「消費」呼喚和「榮枯」考驗（後者特指讀者的反應所給予作家的創作欲力的強化與否）。這一重大的改變，很明顯的關係到作家的前途問題，已經引發了多重的反應，也不斷地要激發起人從瞻前顧後中去尋找出路。

三、新的舞臺與新的問題

從整體上看，網路儼然就要深繫著作家的命運；但有關這類的命題是否能夠成立，卻成了值得先行探討的課題。如果說網路的興起等於宣告了一個「微敘事」時代的來臨，那麼這種對絕對速度的追求無疑是現代「大敘事」、甚至是後現代「小敘事」的最大威脅。所謂「繼現代『大敘事』的危機之後，也許將會是後現代的『小敘事』面臨危機。因為空間面向的危機，也意味著倫理、美學參考架構多樣性的危機。隨著實際空間和間差時間的消逝，無數建

立於不同空間和不同時間的小敘事也將會消失；取而代之的是正在不斷擴張的電傳『微敘事』。微敘事不再是文字、話語或論述的敘事，而是聲音、影像乃至觸覺的電傳敘事。微敘事不再是回到現代性理論或理念的普世化，而是跳到資訊和新聞實況時間的世界化」（Paul Virilio，2001：26），正道出了這一消息。因此，作家的寄身網路而嚐受「恣意創作」和「極速傳輸」的快感，也就可以擺脫在平面上難以成就大敘事式的實體建構或跟人競玩小敘事式的解構遊戲的焦慮。然而，實情真的這麼簡單嗎？

我們知道電腦這一最新科技，有關它的軟體程式和視窗工作平臺等設備的研發始終操縱在電腦科技專家的手裏；而一個作家卻只能尾隨利用而毫無主導的能力，結果有一些問題就跟著出現了。首先，作家表面上隨著眾人進入一個「後電子書寫時代」而要展開他的新的創作旅程，但實際上卻如何也避免不了一種「永遠追趕不及」或「無法預測止境」的新的資訊焦慮：「『後電子書寫時代』的書寫，經由電腦螢幕和指尖在鍵盤敲擊，眼睛在心智和文字之間，成為不可替代、不可或缺的中介。因此，電子書寫於是取代了傳統的書籍的架構，經由電腦自動化的支配的特性，電子書寫取代了文人的工匠雕琢，把我們的注意力『由個人的書寫經驗，轉向更為接近算數過程的一般化邏輯』；我們對於當代文化的理解，因此跳過理念沉思的穩定性，而朝向動態可能的過剩，一種無時無刻都存在的『資訊焦慮』。不論是由於資訊量的過多而產生焦慮的心理，或是因為對於資訊科技所帶來的『沒有盡頭的進步』感到焦慮，人類在『後電子書寫時代』感受到新的孤獨形式」（黃瑞祺主編，2003b：173）。這種新的資訊焦慮所伴隨的新的孤獨形式，所帶給作家的不是自信、踏實等一類的心理慰藉，而是無從計慮明天的深重的不確定感，一顆心終將要跟著電腦螢幕不安且無目的的晃動而無所止息。

其次，在「後電子書寫時代」，作家固然可以攀躋上另一波創作高峰而參與了所謂跨性別、跨階級、跨種族、跨國家的「數位化」世界的運作，但這種比先前任何一個時代更自由化的生活形式，所帶來的刺激、快感和新浪漫情懷，卻是以虛無主義為代價的。因為西方社會從現代起放逐造物主而追求自主性，所藉來代替失落的終極關懷的是哲學和科學；而哲學和科學到了為追求更大自由的後現代也一併被放逐了，人們從此生活在一個沒有深度且支離破碎的平面世界中。為了避免繼續迷失，一些有識之士已經看出必須「超越後現代心靈」，重返對造物主的信仰，才能挽回嚴重扭曲的人性和化解塵世快速沉淪的危機（Alan Bullock，2000；Huston Smith，2000；Ken Wilber,，2000；Karen Armstrong，1999）。但事實上卻不如所預期，整個西方世界由於電腦網路的發明，使得許多人有了新的崇拜對象而喜不自禁的宣稱一個「理想化國度」的來臨。所謂「早期基督教徒設想的天國，是『靈魂』完全擺脫肉體弱點困擾的地方。現今的網路族傲然聲稱，在這一『(數位)世界』裏，我們將豁免生理形體帶來的一切侷限和尷尬」（Margaret Wertheim，2000：2），就是他們尚未妥協的明證。而非西方社會本來沒有「靈性復歸」的問題（源於宗教信仰的不同），但已經追隨西方社會的腳步從現代走到後現代又轉進了網路時代，現在自然也得同樣面對必須自我拯救的關卡（周慶華，2001b：94；2016：260～261）。但整體看來，作家們（不論是西方的作家還是非西方的作家）似乎都還沒有準備好要面對這一新的課題；以至在網路世界裏寄身就帶有相當程度的盲目性，離實質性的自主還有很長一段距離（仍然受限於電腦科技而不可能有所謂的真正或徹底的解脫）。

再次，電腦科技的高度發展，不啻助長了另一波的霸權爭奪戰以及資源的大消耗。前者（指霸權爭奪戰）是因為網路世界的變數太多，只有能掌握電腦科技（包括軟體、硬體技術以及相關的生產機制和行銷網絡等等）的人才能立於不敗的優勢；其他的迎合者和使用者只好淪落被片面宰制的命運。所謂「在以電腦為基礎的資訊化科技發展的衝擊下，資訊化知識成為直接社會生產力主體的同時，國際政治以爭奪資訊化知識的主導權為核心，而那些掌握資訊化知識的生產分配主導權的跨國企業，更有可能成為影響國際政治經濟、甚至軍事文化發展的主要力量」（李英明，2000：25～26），這實際上已經得到了驗證；而它所衍生的新科技殖民也早就隨著全球化的浪潮在世界各地造成大大小小的強力支配的災難（Michael J. Mandel，2001；Gorden Graham，2003；John Tomlinson，2005；Lawrence Lessig，2002；Bruce Schneier，2016；Jacques Attali，2018），讓無力操縱科技的人更不由自主（或活得更無奈）而對未來世界深懷恐懼！後者（指資源的大消耗）是因為電腦科技所要締造的「理想化國度」，是要以無止盡耗用地球的資源為代價的；而這樣下去於可見的未來在地球這一封閉的系統內一定會面臨不可再生能量趨於飽和的能趨疲壓力。試問在這種情況下，所謂的網路世界又可以維持多久（周慶華，2003：230～231；2016：288～289）？而站上這個舞臺的作家們，究竟又要如何自我定位（或說又要表明什麼樣的立場）？這恐怕會是一個兩難結局。換句話說，作家們不是要向現實低頭（一樣隨人去競逐權勢和參與耗用資源的行列），就是要逆向操作而採取抗拒現實的態度；而不論如何，這都不可能是一條康莊大道而可以任作家們稱意的去馳騁。

以上所舉只是犖犖大者，而對於電腦操作技術的摸索學習以及軟硬體設備更新花費的壓力等等都未涉及。這些總合起來，一個寄身網路的作家所能嚐受的恣意創作和極速傳輸的快感，可能就不如想像的實在；而所謂網路儼然就要深繫著作家的命運這個命題真要成立，大概也是負面意義多於正面意義。因此，在一個嶄新的數位化世界裏，作家的前途依然沒有得到什麼有力的保障。

四、數位創作的明天

即使不管資訊焦慮、科技危機等問題而逕自從創作本身來說，未來恐怕也難以樂觀。理由是創作和網路結合所顯現的「數位化處理文學作品」和「創作數位化文學作品」等兩大變數，固然改變了不少文學的生態，但有關作家創作的成績和讀者接受的方式尚未（或說很難）跟著大幅成長的情況下，網路再大的功能也只不過是提供一個新的發表園地和公開討論、互動的場域而已，對於文學的前景或發展並沒有發揮「啟新」或「重塑」的作用，於文化的價值還得有所保留。

且看論者的一些議論：「虛擬原本是需要想像力和創意的；然而在數位化的虛擬世界，經常缺乏真正的虛擬性。例如許多BBS社羣只是實體社羣的延伸或反射，版上的文章不脫日常生活的聊天性質」（孫治本，2003）、「網路文學發展至今，原本強調純文學、邊緣、前衛、實驗、社區和小眾的內涵精神，一夕之間在『消費市場』導向之下，開始尋求新奇、聳動、情欲以及巧變為風尚之所趨，把現實世界中的文學環境再到網路上複製一遍」（須文蔚，2003b）、「在網路小說社羣中，取代製造不透明技術的『作者／讀者』的技術區別依據其實很模糊。但依照我的觀察，較受讀者稱頌的作者，大抵都具備用影像式的分鏡處理文字的能力。這種影像式分鏡的掌握，跟年輕一代為好萊塢電影風格、日本少年漫畫、電視日韓偶像劇所餵養的集體成長歷程有關。它的文字必須是可以快速在讀者腦海中轉譯成影像的；而影像的背景最好也符應眾所熟悉的校園、補習班、公車、宿舍、KTV；然後以極為大量的對話作為故事動線的主要節奏，在呈現故事人物的特色時，場景的描繪往往成為多餘、惱人的累贅，就連內心的獨白都是自言自語式的簡易言辭，而非深沉的、意義堆砌的反省」（柯景騰，2003）。這些都說到數位創作為求時效和易感而不肯或無從提升水準，導致在網路世界所看到的只是簡易現實世界的延伸和複製而了無新意可談。

當然，我們還是可以窺見像底下這一類有關文學並未完全沉淪的斷言：「從量化的角度觀察通俗文學和純文學的消長，商業力量未必所向披靡；純文學的媒體以游擊戰的方式，寄生在商業電子媒體之上，有時也能博取更多分眾的認同。以目前文學電子報的發行狀況分析，《聯合報》兩個副刊的電子報訂戶數都在九千以上；而同在《聯合電子報》的三個專業和另類的文學電子報：《E世代文學報》、《傳統中國文學電子報》、《每日一詩電子報》，卻都有超過一萬二千份以上的訂戶數，足見網路文學閱讀者未必完全受到傳統商業文學媒體的支配，而會有選擇性的閱讀模式。另一方面，《傳統中國文學電子報》和《每日一詩電子報》還同時在智邦電子報系統上刊行。以這種游擊戰的方式，兩個新興的邊緣媒介，累計訂戶都超過二萬三千以上；如果加上各自網站上的發報系統中吸納的讀者，那麼總數應當已經超過三萬人。足見嚴肅文學的工作者是有能力轉化文化工業製造和流通的流程，藉著通俗文化的傳銷管道傳播純文學的作品、理論和批評；值此流行的風潮上，網路文學社羣原創的價值也同時獲得宣揚」（須文蔚，2003b）；但大體上整個數位創作是看不出有美好的明天的。因為這種可以顯現多媒體、多向文本、即時性、互動性等特徵的新創作形態，實際上只是把握了電腦科技的便利性，而還無力創發新的文學生命。就以它最常被稱道的互動性和多向文本來說，即使那種互動所激盪出的觀念或意見可以改變作家創作的方向而多向文本的出現也無異促使單一文本獨霸的終結，但我們的文學感並沒有因此而有大幅度的躍進。換句話說，在網路世界裏我們所看到的是文學遭受百般的「擰弄」和「支解」而不是文學被從新樹立了「旗幟」或「標竿」，它的新奇感僅來自媒體而不來自文學。因此，要期待文學走出一條新路，可能不在對電腦科技的利用上，而在人腦的改變觀念或偶發靈感上。

到目前為止，的確還沒有發現文學因為有新媒體的助長而開始要脫胎換骨了。這主要是每一次第的新的文學觀念及其實踐都由人在掌控和發用，電腦如果可以發揮作用，那麼絕不是它「自我創設了一種新的文學」，而是「代人體現所創設的一切」。就算是這樣，文學人一方面要挖空心思找點子，一方面又要兼顧新媒體的各種技術問題，想寄望他們（特指從事數位創作的人）開啟新的文學生命，恐怕還有得漫長等待了。而這對地處世界文學邊陲的臺灣文學來說，要看到一條新的文學道路伸展開來，此地的作家就得加倍的身懷使命感，從只知道撿拾西方人的唾餘（包括利用全由西方人操控的電腦科技）的氛圍中奮起。

五、走出悲情

網路正在全面性的改變人類文化，這是事實；而文學人的追趕新潮，寄身在網路裏求取慰藉和榮寵，也是事實。但這一切對位居邊陲的我們來說，卻是要帶著悲情來面對的迷離的美麗新世界：「網際網路，猶似一座迷幻的虛擬之城，有它無可置疑的開放性和不被檢肅、阻斷的『野火』性格。在這座燃燒著真實世界透過法律、教育和文化機制所禁制的人性欲望的虛擬城市中，權力、利益以及飽含人類欲望的資訊強而有力地流動著。表面上，這標誌了一個不被政治、權力或文化霸權宰制的『美麗新世界』；實質上，則如柯司特所洞見，這樣的網路社會所產生的『新秩序』乃是一個『價值被生產、文化符碼被創造、而權力被決定』的『網路社會新秩序』。而這一新秩序『對大多數人來說則越來越像後設的社會失序』；它的迷幻和虛擬，『源自不可控制的市場邏輯、技術、地緣政治秩序或生物決定論的自動化隨機序列』。而在網際網路這樣迷幻的虛擬之城中，文學社羣（無論是舊媒介或新媒介領域）的文本虛擬，相對地更像是斷裂的瓦解的『碎片』，被華麗的流金掩飾、遭淫邪的聲色鄙夷。文學和網路的連結，因而更陷入弔詭的困局之中：作為文學創作者，到底該加入這個迷幻的虛擬遊戲？還是該進入當中抵抗這種被市場邏輯操縱的戲局？臺灣網路文學的後現代狀況，到這裏對整個臺灣文學社羣展現出最大的能力」（林淇瀁，2001：212～213）。因此，能否走出這種由他人所設計戲局的悲情而開創真正可堪告慰的美麗新世界，也就成了臺灣的作家們所得接受的最大的挑戰。

現在所能看到的卻儘多是底下這一類對電腦的過度依賴：「使用電腦已經有七八年時間；電腦於我，多半用在文書處理，像是一部昂貴的中文打字機一樣。七八年來，在電腦鍵盤上，我敲敲打打，用電腦打報告、打論文、打詩、打社論、打講義，幾乎天天跟電腦為伍，『打』電腦替代了過去的『寫』稿子。先後使用了四臺電腦……」（向陽，2001：15）、「十五年前，杜十三耗費心血布置了『空中花園書房』；兩年前，他用同樣的心力增設『無線上網』的e設備，讓他在書房的任何角落裏打開電腦，都可以上網閱覽羣書。『我家裏大大小小的電腦，加起來七部！』連出門時，杜十三都在包包放上一部『口袋電腦』；一有靈感，就用電腦筆將詩句輸入電腦，回到家再用紅外線輸入大電腦中……他在網路上搜集各種關於書的網站，也將自己的創作一一轉成數位資料」（陳宛茜，2003）。這樣臺灣的作家們不但走不出悲情，而且還會更加重悲情。雖然身為一個作家也跟其他的文化人一樣「只不過在利用電腦而已」，但他特有的敏銳感受和異於常人的悲憫情懷，卻無力察覺當中所隱藏的「資源匱乏」和「自掘墳墓」的危機（周慶華，2003：229～231），毋寧也是一大可怪的事！以至臺灣的作家們最後還是得警醒來告別對別人的依附而勇闖另一個新天地，才能活出自己的尊嚴和價值。

對於這一點，除了積極於開發我一再期待的新的類型（周慶華，1997a；2000a；2002；2003；2016），似乎沒有別的途徑可以藉來改造臺灣作家的命運。這種新的類型，不論是屬於形式上的還是屬於技巧上的或是屬於風格上的，總得媲美在世界文壇上曾經流行過且受人矚目的諸如象徵主義、未來主義、表現主義、存在主義、超現實主義、魔幻寫實主義、解構主義、女性主義、後殖民主義等等，才有希望被世人所仰望而為自己爭得一席之地。至於電腦科技在這個環節上如果還有可以派上用場的，我也不反對一定要絕決的跟它分離；但這依然得嚴守新能趨疲時代的作為（防止不可再生能量達到飽和）的原則，才不致走上或誤蹈同歸於盡的絕路。

第九章　新禪詩話語的多重變異性

一、話語世界

嚴格的說，我們所生存的由語言所建構起來的世界，應當稱

「話語世界」，而不僅僅是「語言世界」而已。語言最小的單位是語詞，而語詞要具有傳達信息的功能，卻得在整體話語的脈絡裏才有可能。因此，我們實際所體驗到的是話語，而不是語言。

話語，相對應的英語是text或discourse，另有言說（言談）、論述（論說）、篇章（語篇）等稱呼。它指的是任何書面的或口頭的在內容和結構上組合成一個整體的文字材料或言說。換句話說，話語是大於句子且可以分解的言語單位（王福祥，1994：46～68）。稍早，它曾被藉來區分文類的依據；後來，則被引進思想和政治的分析中，特別是後結構主義學家Michel Foucault所從事的一系列知識考掘的工作。

大體上，話語的基本單位是陳述；陳述方式的構成影響著話語的整體表現，「其中的關鍵環節是：（一）誰在說話，他憑什麼權力說話？（二）說話者所憑藉的制度地點，也就是使其話語獲得合法性和應用對象的來源。（三）說話者與各種對象領域的關係。在這些環節中，話語並非是我們所能看到的純淨狀態的思想或經驗，在其背後，是一個緊密的多重關係的網絡」（張文軍，1998：71）。用Michel Foucault的話來說，話語是一個社會團體根據某些成規，將其意義傳播確立於社會中並為其他團體所認識交會的過程。因此，我們所接觸的各種政教文化、醫農理工的制度和機構及思維行動的準則等，都可以說是形形色色的話語運作的表徵（Michel Foucault, 1993：93～131）。而它的實質性結構，就是權力：

> 「話語」是現代和後現代社會將人作為「主體」來進行組構和規定的一條具特權的途徑。用當今流行的話來說，「權力」透過它分散的制度化中介使我們「主體化」：此即，它使我們成為

> 「主體」，並使我們服從於控制性法則的統治。此法則為我們社會所授權，並給人類自由劃定了可能的、允許的範疇──這就是說，它「擺布」著我們。實際上，我們甚可以假定，權力影響著我們反抗它所採取的形式。（Frank Lentricchia等編，1994：77）

根據這個觀念，權力之外並不存在本質的自我；同樣的，對權力任何特定形式的反抗（也就是對任何散布的「真理」的反抗），也是依賴於權力，而不是某些有關自由或自我的抽象範疇。換句話說，我們所生存的世界，就是一個話語運作的場域，而權力則為該場域終極的主體。

二、新禪詩話語的選定

從這一點來看，詩也只是一種話語形態而已，它終究不得不被權力所擁抱。過去，大家普遍把詩視「語言的藝術」（王夢鷗，1976：9～13），甚至還有形式主義學家將它從實用的層次抽離而賦予藝術的自主性意涵（古添洪，1984：208～213；高辛勇，1987：17～18）；但現在我們知道這是過度樂觀的結果。詩相關的種種技巧的運用，無不是了讓它更能吸引人，因此而成就詩人「泰斗」或「祭酒」一類的榮名。除非詩人隨寫隨毀或永遠封藏不發表，不然他都不免要投人權力場域跟人競逐某些頭銜。

由詩的古典形式過渡到現代形式，是否也是這樣？答案是肯定的。（這裏全以中國詩為例）向來有關詩的創作，就沒有脫離過要使它成為教化人心的話語範圍。所謂「正得失，動天地，感鬼神，莫近於詩。先王以是經夫婦，成孝敬，厚人倫，美教化，移風俗」（孔穎達等，1982：15）、「感人心者，莫先乎情，莫始乎言，莫切乎聲，莫深乎義。詩者：根情，苗言，華聲，實義。上自聖賢，下至愚騃，微及豚魚，幽及鬼神，羣分而氣同，形異而情一，未有聲入而不應，情交而不感者」（白居易，1965：26）、「詩有三義焉：一曰興，二曰比，三曰賦……宏斯三義，酌而用之，幹之以風力，潤之以丹彩，使味之者無極，聞之者動心，是詩之至也」（鍾嶸，1988：7～8）、「詩者述事以寄情，事貴詳，情貴隱，及乎感會於心，則情見於詞，此所以入人深也。如將盛氣直述，更無餘味，則感人也淺，烏能使其不知手舞足蹈；又況厚人倫，美教化，動天地，感鬼神乎」（魏泰，1983：322）等，說的都是同一件事（後二則所提及詩述事寄情的技巧，正是為達教化人心的目的而考慮採用的）。而它所選取的比喻、象徵等表達手法，除了略為區別於其他文類，主要還是中意該表達手法可以「入人深」（不易忘卻），以便整體話語能夠遂行教化目的而作出「自我完善」的必要保證。

這種情況，即使發展到現代的新詩，也沒有太大的改變。新詩講究的是詩體的解放，表面上在爭取「享樂欲望的滿足」和「深遠思想的傳達」（胡適編選，1990：294～238），實際上則是擔心「擺脫不了前人的籠罩」和「爭取不到讀者的喝采」這類（雙重的）影響焦慮，直到現代派的超現實主義詩和後現代派的各種解構詩出來，依然沒有退卻的趨勢。前者（指超現實主義詩），企圖經由美學上的斷裂和革新來發掘新的觀察、表現和行為的模式（林燿德主編，1993：277～296；文訊雜誌社主編，1996：247～262），所希望影響的還是新一代嗜新的讀者；而後者，以各種諧擬的技巧、博議的拼貼、意符的遊戲、事件的即興演出、更新的圖像呈現和字體的形式實驗等可能的解構手法向現代詩和前現代詩挑戰（孟樊，1995：261～279；奚密，1998：203～223），也無法免除要在讀者羣中留下口碑的強烈欲求。因此，像詩人張默所考察到的「如果總結（臺灣現代詩）過往發展的脈絡與成績，大致約有以下諸端：（一）對五四以降白話詩的反動，企圖建立嶄新的語系。（二）研習歐美各種詩的流派，嘗試運用各種詩的技法。（三）擴大詩人的視野，開拓詩人的素材。（四）知性與感性並列，陽剛與陰柔同行。（五）電腦資訊日新月異，尋求文字以外多媒體的呈現與組合。（六）繼續向浩瀚未知的詩世界，作永無休止的探險」（張默主編，1989：詩卷序17～18）一類現象，就是「能在詩中建造一個新的世界，給予讀者一些新的感受和啟發」（洛夫等編，1989：洛夫序10）的渴望下所凝結而成的；當中各階段詩風的改變，正是多元（詩）話語策略競勝的結果。

根據上述，我們可以把焦點轉移到新禪詩上。新禪詩相對的是舊禪詩；舊禪詩以古體形式或近體形式來表現禪理（杜松柏，1980；孫昌武；1994），而新禪詩則改以語體形式而從新出發。它在外觀上跟其他新詩沒有兩樣，但在內涵上卻比其他新詩多了一點限制，也就是它是專事於「寫禪」的詩。寫禪的詩所以會形成一個獨特的領域，主要是禪悟或禪修的籲求逐漸要變成空谷足音，詩人們把禪帶人詩作中，即使搆不上力挽狂瀾的壯舉，也多少能引起旁人的側目（周慶華，1997a：180～188）。在這種情況下，新詩的話語性就更強了；它不僅要改變大家對於只能以古體或近體表現禪理的刻板印象，而且還要大家正視它所傳達禪理可藉以調馴心性的作用。因此，選擇新禪詩這種話語來探究，就有「滿足好奇心理」或「窺伺詩風動向」一類冠冕堂皇的理由可說了。

三、新禪詩話語的考掘

為了容易討論，也為了避免陷人浮泛論述的窘境，這裏只針對臺灣一地所見的新禪詩予以描繪論辯；其他地區如果也有同類型作品，不妨比照這裏的論述模式去鑒裁，此刻無論如何也不願分心多贅一語。

所以這樣確認，除了論題的限定，還有一個不成理由的理由，就是現在有人（特指大陸的學者）把大陸新時期來所出現的「朦朧詩」跟禪連在一起談論，而認為禪在朦朧詩中又獲得了生機：「中國古代詩語傳統與詩思方式同禪的關係是十分密切的，因而當他們在自我內心進行爆裂與調整來反叛當下詩壇的虛假、空間、單調時，傳統詩歌中的禪思方式就很有可能成為一種自覺或不自覺的藝術力量」（譚桂林，1999）。問題是朦朧詩只跟舊禪詩在表達手法上相似〔都有遠取譬、復合象徵和多向聯想等現象；好比錢鍾書所說的「唯禪宗公案偈語，句不停意，用不停機，口角靈活，遠邁道士之金丹詩訣。詞章家雋句，每本禪人話頭……死灰槁木人語，可成絕妙好詞」（錢鍾書，1987：226），朦朧詩最多只在這類藝術手法上可以跟舊禪詩並看〕，根本難以企及對方所經營的禪境。因為朦朧詩在臺灣一地稱作超現實主義詩，而超現實主義詩強調的是下意識書寫（自動寫作），以人的夢境或潛意識為題材，在實質上跟禪境差距很遠（一個要保留內在世界的紛亂，一個要獲得心靈的澄明無垢）。如果把這類作品也視為禪詩，那就世界各地無所不見禪詩的踪影了（因很多地區都有超現實主義詩）；這時要凸顯臺灣一地所見，也就沒有什麼特別的意義。然而，實際上臺灣確有別處所罕見的新禪詩，很可以成為大家考察討論的對象。

相對的，臺灣新禪詩如何認定，也勢必是一個要嚴肅面對的問題。底下有段議論頗值得注意：「詩人應物抒感，物色之動，心亦搖焉，禪宗卻要人不在色、聲、香、味、觸、法上生心；詩人含毫吐臆，與境孚會，禪宗卻要人心無所住，在幻境上不生念，存在實踐地自悟本心本性。因此，依禪宗義理來講，絕對開展不出『詩』來，不僅因他們不立文字而已。後代之所謂禪詩，都是單拈一端，賦詩斷章，以供譬說。例如嚴羽說：『大抵禪道在妙悟，詩道亦惟在妙悟』，妙悟是詩禪都講求的一套方法，但其目的指向不同，方法的根據亦不同，甚至方法本身也不同，絕不能併為一談。曾茶山曾說學詩如參禪，然其所謂禪，其實仍是儒者之養氣，便是個最值得深思的例子」（龔鵬程，1986：142）。倘若這種說法可以成立，那就沒有禪詩的存在，而本論題也是多餘的。但又不然，它要先假定沒有語言（文字）可以表達禪境，才能推出詩這種文體也是不足說禪的；而實際上卻不是這樣，語言的「筌蹄」功能始終是被肯定的（周慶華，1997c：159～176），詩人驅遣語言（以構成詩話語）來表現禪理（或營造禪境）也是順理成章的事。因此，這就不至於構成本論述的妨礙。不過，它所隱含指責的有種貌似或偽裝禪詩的詩（僅在方法層次略同於禪道而已），卻能提醒我們要多磨鍊一種簡別的工夫。

現在有個例子，可以藉來印證這一點。有人討論禪對新詩的影響時，僅從禪的思維層面人手，而有「靈動超詣的無我之境」、「孤寂而自在的生命覺」和「遠近俱泯的時空觀」等論點舖陳（潘麗珠，1997：27～46）。這究竟如何跟禪發生連繫，還有得爭議（如禪宗所講的「無我」是「無自性」而不是「物我同忘」那回事；而「自在的生命」是「活潑潑的」並不「孤寂」；而「時空」是由「心生」也不關超越「俱泯」一類工夫論）；而所舉的一些詩作如余光中的〈松濤〉「夏長晝永，山深如古鐘／要多少寂靜才注得滿呢／這樣渾圓的一大口空洞？／這一帶山間有一位隱士／他來時長袖翩翩地飄擺／把廊外一排排高肅的古松／不經意輕輕地撫弄／弄響了千絃的翡翠琴……」、羅門的〈觀海〉「總是發光的明天／總是絃音琴聲迴響的遠方／千里江河是你的手／握山頂的雪林野的花而來／帶來一路的風景／其中最美最耐看的／到後來都不是風景／而是開在你額上／那朵永不凋的空寂」、蓉子的〈非詩的禮贊〉「當我們走過煙雲／才知道山水無垠／當我們踏響山河之美／自己也成其中美麗的一點」等，也跟禪宗所講的「無念」、「無相」、「無住」的道理相去甚遠（上述三首詩所顯現的都頗有執著於外在的事物），更無法想像它們又體現了什麼樣的禪境（得道後的意態或心境）溜這豈不是暗示了我們要再細心甄辨，才能連上本課題？

這樣說來，臺灣新禪詩就是要在這多種排除法中被發掘出來。它所代表的是（我所認為）可以跟歷史上的禪相互印證的話語（而不僅僅是禪的「鄰夥」或「近似」的話語），以及還有可能向未來開放的基進特徵。至於本章這些說法，也不免於是一種話語，有試圖搶佔相關言論市場的嫌疑。我的自剖是：容許對諍，也容許被取代，但無法改變我要這樣構設的意志力。

四、新禪詩話語的多重變異

能滿足新禪詩條件的，已經限定在一些表現禪理（或營造禪境）的作品，接著就比較方便進行檢視的工作。首先，在臺灣曾經刻意經營過這類話語的詩人，大概有周夢蝶、羅門、管管、張健、敻虹、蕭蕭、楊平、沈志方、曾肅良、賴賢宗等，他們都有詩集問世，而所謂新禪詩作品就摻雜在那裏面。其次，這些新禪詩作品相對於舊禪詩作品來說，很明顯有四點改變：

第一，詩體形式由規律化的古近體（尤其是近體）變成非規律化的自由體，而且篇幅有的有偏長的現象。如周夢蝶的〈孤峰頂上〉就長達五十行（周夢蝶，1987：130～133）；敻虹的〈詩的幻象〉也長達四十行（敻虹，1997：87～90）。這顯示過去的詩人寫禪「要言不繁」，而現在的詩人寫禪「不厭繁言」。

第二，舊禪詩中凡是要借象喻意的，多半以自然界所見的景物為依據（杜松柏選注，1981；焦金堂選輯，1981；陳香選注，1989）；而新禪詩卻大肆從商業文明裏取材，頗有要改到都會區生禪心的意味。所標示的是詩中事體的變化，以及舖陳該事體的語言的必然要加長（商業文明中的事物多方牽扯，不多說則語意不足）。

第三，由於新禪詩的繁言多采，使得詩中所隱含的情感，也有了古今的區別。似乎古人較能在「寧靜中悟靜」，而今人只能在「喧鬧中悟靜」。在喧鬧中悟靜，很可能「靜後復鬧」，以至必須悟而再悟，永無止期。這不啻暗示著今人在寫禪時情切或躁急於古人。

第四，最重要的是，新禪詩所要表現的禪理（或所要營造的禪境），就在繁言多采中失去了焦點。過去詩人寫禪多有明確的著力點，如張說的〈　湖山寺〉「空山寂歷道心生，虛谷迢遙野鳥聲。禪室從來塵外賞，香臺豈是世中情。雲間東嶺千尋出，樹裏南湖一片明。若使巢由知此意，不將蘿薜易簪纓」（清聖祖敕編，1974：962）、李石的〈雪〉「大地纖毫色色空，寥天望極一鴻濛。夜凝冷浸梅魂月，朝拂朝回縞帶風。身世密移塵境外，乾坤收人玉壺中。虛堂瑞草瓊林合，壓盡蓬萊第一峰」（李石，1986：561）等，這不論是在表達「色空一如」、「塵世即道場」的禪理（指張說詩），還是在營造「自性無所不在」、「自性無所不包」

的禪境（指李石詩），都會明白點出相應的契悟處（如方外禪室／俗世香臺或簪纓仕宦／蘿薜隱居並無分別；而一旦證入真際則無處不道場）。反觀新禪詩，在這個環節上特別難以捉摸，如張健的〈悟〉「我在電梯上／坐了五千（十？）年／這才了悟：人／是一粒微塵」（張健，1985：160）、洛夫的〈泡沫之外〉「……戰爭是一回事／不朽是另一回事／臼砲彈與頭額在高空互撞／必然掀起一陣大大的崩潰之風／於是乎／這邊一座銅像／那邊一座銅像／而我們的確只是一堆／不為什麼而閃爍的／泡沫」（洛夫，1991：45～46）、羅門的〈傘〉「……他愕然站住／把自己緊緊握成傘把／而只有天空是傘/雨在傘裏落／傘外無雨」（羅門，1996：327～328）等，這都有表現禪理（指張健、洛夫詩）或營造禪境（指羅門詩）的企圖，但把坐電梯和了悟己身的渺小連在一起卻很勉強（何況禪宗講的是「吾心即宇宙」，如何反過來說「自己是一粒微塵」呢），而領悟生命如泡沫般容易幻滅也不必相對於另一些死於戰爭的「功將」的勳績長存（由被立銅像可見一斑）卻要強為互比，以及傘裏傘外不再分別的禪境卻讓一個把自己緊握成傘把（有所執著）的人兒不識趣的在擔綱演出，顯然很難想像它契悟的著力點是如何可能的。類似這種寫禪不知禪從何而來的情況，在一些篇幅較長的作品裏更容易感受得到，如周夢蝶的〈菩提樹下〉：

誰是心裏藏著鏡子的人呢？
誰肯赤腳踏過他底一生呢？
所有的眼都給眼蒙住了
誰能於雪中取火，且鑄火為雪？
在菩提樹下。一個只有半個面孔的人

擡眼向天，以嘆息回答
那欲自高處沈沈俯向他的蔚藍

……
縱使結趺者底跫音已遠逝
你依然有枕著萬籟
與風月底背面相對密談的欣喜。

……
你乃驚見：雪還是雪，你還是你
雖然結趺者底跫者已遠逝
唯草色凝碧
（周夢蝶，1987：58～59）

這試圖要經營展現的現象（物境）本體（禪境）融合不分的境界，讀者是不難理解的；只是藍天的諸多疑問、主角嘆息的回答及獨自枕萬籟、跟風月的背面欣喜的密談等情節，究竟如何導出那個境界的頓現或朗現？詩人越含糊其詞，讀者也就越困惑莫名！這是否表示今禪已經有別於古禪了？由於我個人還不敢十分確定，所以暫且予以存疑。

當然，臺灣新禪詩也不盡然都是這麼費解，像蕭蕭的〈我卸下了鞍鞘劍鞚〉「爬過人心中多少曲折／曲折的萬水千山／姹紫嫣紅／來到這座小小的小（山？）丘／一眼就可以望盡／山裏有溪林中有壑／我卸下了鞍鞘劍鞚／馴服下來」（蕭蕭，1996：75）、楊平的〈電話遺事〉「……電話／或者瓶子／永恆／或者虛幻」（楊平，1995：66～68）、賴賢宗的〈俱寂〉「……讓心絃繼續在大化流行中鳴和／不憂不懼的清流／琴音無限　澹清古遠／典雅的音符在雪蕉澡雪其精神的裊裊風姿中／頓現　永恒法相」（賴賢宗，1994：36～37）、曾肅良的〈無題〉「……宇宙觀我／我觀宇宙／我乃一顆圓靈的梵音輕汎／於一片泡沫的夢裏」（曾肅良，1994：21）等所要傳達的悟道過程（指蕭蕭詩）、永恒和虛幻一體的兩面（指楊平詩）、聲而無聲為最高境界（指賴賢宗詩）、身處泡沫般的夢幻裏（指曾肅良詩）等信息，還是稍微可用一般的禪理來衡量；但在整體臺灣新禪詩已經演變到上述的地步，這些切合舊詩表現方式的作品，反而顯不出它的特殊處，使得大家的關注力還是會朝向前面那些作品。

五、變異之後

禪在原印度佛教為成佛的必備工夫（禪定），傳到中國來逐漸演變成禪宗所專屬的法門（禪就是佛本身），爾後就有各種禪理被發明出來。而所謂的禪詩，就是在表現或符應各種禪理。它所展現的，表面上是在為「繞路說禪」樹立典範，實際上則是在建構一種可以啟導讀者的美學式話語。

這種美學式話語，有詩的質性（藝術成分），又有禪的奧妙（神秘成分），即使它不自我強力推銷，也會在讀者心目中留下另類的印象。不過，讀者究竟會有什麼反應，基本上是很難有明確的指標可以考察，只能權且的以話語動機作為切人點。而從當代的環境來看，商業文明已經養成人們的多嗜好習慣，文學承受了過多低消費的壓力，以至不斷被宣告「文學已死」，而當中詩這種類型就最早走進墳墓。不願意眼睜睜看著文學淪落薄暮殘暉命運的作家們，只好常以「移位」或「變形」的方式，讓文學再度展現生機，希冀喚回讀者的雅為賞愛。因此，類似底下這種評論就只說對了一半：「回顧六〇年代臺灣的現代詩，當時詩人無不以追求『意象繁複』為尚，大家競相堆砌紛雜的字句，這種現象與蕭蕭所崇尚的詩的純淨之美、素樸之美、空靈之美，大相違離，因此作者苦思如何去對抗這種繽紛的花雨，還給詩一張素雅的臉？於是七〇年代《龍族》創刊初期，他寫下了不少一字一行的詩，就只希望一首詩提供一個自身俱足的意象。簡鍊、獨立，有如一柱擎天而八面威風，一字透悟而古今貫通，一色入水而滿地華彩，如此聚焦於一點，演繹為萬象，也同時解決讀者徬徨於現代詩眾多眩惑之門而無法叩應的窘境，讀者可以憑此純淨的意象按圖以索驥，從而很快進入詩眼中心而意馳八荒」（蕭蕭，1996：張默序3～4）。其實，那些意象繁複的詩作，也無非是要爭取讀者羣，形塑一種話語格局。而臺灣新禪詩自然也離不開這一波為召喚讀者的移位或變形行列，它的淡雅、機趣、哲思等色調，都一併期盼植入現代人荒漠寂冷的心靈裏。

雖然如此，臺灣新禪詩還是少了一點足以維持長期動人的異質色彩。理由就在向來被稱許祈求的寂靜自在的禪境界，到底如何能有效的趨入，並且顯露在新時代中特有的得道後的意態或心境，臺灣新禪詩還沒有規模出一條新路；以至所見的語言形式、事體、情感、禪理失焦等表面有形的影響變異，終究無法掩蓋深層的尚未開出新禪境的遺憾。因此，在了解臺灣新禪詩相關的變異之後，我們還得再問：未來又如何？這個答案，我個人目前還無從設想，但不妨拋給關心禪詩發展的人，一起來思索求取。

第十章　中西抒情詩差異的看待方式

一、詩的基調

儘管詩在現代形構主義的從新界說下已經出現「語言反熟悉化的極致表現」或「文本構連的一種互涉或延異形態」的新指稱（Roland Burthes，1992；Julia Kristeva， 2005；Jacques Derrida，2005），它的意象語的使用還是穩居專屬的最大特徵。這種意象語，以高密度的比喻、象徵等技藝在摶塑，終於造成文學整體的指標性要從詩裏才能覷見的事實。

先前早已有所謂「文學的定義就是詩的定義」的總括學科式的說法（René Wellek等，1979；王夢鷗，1976）；而現在也有所謂「詩是在理性之前所做的夢」或「詩就是一個靈魂為一種形式舉行的落成禮」的浸淫審美性的讚詞（Diane Ackerman，2004：278；Gaston Bachelard，2003：41）。它們都把詩提高到了保障能見度的層次，使得人在理性以外的感性體現世界幾乎要由詩來撐起。

這「總其形式」說是意象語的傑作，實則還有一體成形的「意義」在被比喻／象徵著，一起為我們所領受感懷。而該意義，總攝著人的思想情感，可以一個「情」字來提領；以至詩的基調就在「抒情」。這抒情所要抒發的情（思想蘊涵其中），又以「奇情」或「深情」為所蘄嚮，以便展現它的非泛泛可比的高華特性。因此，綜合詩的「可舒展性」或「可伸縮性」，可以第一章第一節那一簡圖來表示：當中奇情／深情部分，Václav Havel的〈訃文〉和杜甫的〈月夜〉頗可以作見證：「我們完全冷淡地宣布／我們大家都恨的父親　丈夫　弟弟　祖父　叔叔／因為一輩子太腐化／死了／／他一輩子很自私　很愛自己／所有的親戚朋友都恨他／因為他一輩子都恐嚇他們／欺負他人　偷他們的東西／／請你們不要來／參加他的安葬儀式／請大家跟我們一樣儘快忘掉他」（Václav Havel，2002：95）、「今夜鄜州月，閨中只獨看。遙憐小兒女，未解憶長安。香霧雲鬟濕，清輝玉臂寒。何時倚虛幌，雙照淚痕乾」（清聖祖敕編，1974：1304）。它們除了安置了一些恰當的意象（如腐化、安葬、儀式、月、香霧、清輝等）以及經營了頗為諧美的韻律，此外還有那可感的奇情和深情。前者（指奇情），是指哈維爾詩的「激將」點子（故意戲謔死者而勸人不要來參加他的葬禮，不啻是在藉玩笑話淡化大家可能的悲傷情緒以及更鼓勵他人一定得來看看以免後悔）；它以「逆向操作」式的奇情，贏得了接受者的矚目。而後者（指深情），是指杜甫詩的「婉轉疊加」思情〔「想家／愛親」是每一個傳統中國人外出或因故滯外普遍有的情感，但詩人不直接說自己想家／愛親，而說家人正思念著自己；這一設想，將自己對家人的惦念和家人所受「君何時歸來」的心理煎熬一起呈現了，無異要賺人兩次熱淚！詩人的巧為安排（尤其「遙憐小兒女，未解憶長安」二句，寫詩人遙想可憐家中小兒女，不了解他們的母親「望月思夫」的衷情，最見細微），使得詩作所傳達的情感婉曲潛蘊，感人至深，遠非一般空寫思情的作品所能相比〕；它的「帶層次」的深刻化表現方式，成就了深情動感的一面（周慶華，2007a：120～122）。此外，「形式變化」可見於一些圖象詩／前衛詩／超前衛詩（丁旭輝，2000；焦桐，1998；孟樊，2003）；而反義語／矛盾語則有「無色的綠思想喧鬧地睡覺」、「她拳頭般的臉緊握在圓形的痛苦上死去」和「時間的熾熱一直持續到睡眠為止」等一類的表現（Raymond Chapman，1989：1～2；Peter A. Angeles，2001：59）可以相互印證。它們是在「不得已」的狀態下，才要「退而求其次」的；不然都得「向上提升」直到能「整體呈現」為最佳典範（周慶華，2007a：122）。也因為這樣，所以可以說從形式變化以下，在沒有特別考慮的情況下都是為了彰顯或環衛該奇情或深情，而使得「抒情」這一詩的基調可以暫且的固定下來。

二、抒情詩中的愛情

雖然詩也可以用來敘事（如西方的史詩），但它已不再適合置於詩的領域（在西方的文類區分中就常把史詩歸入小說而不再瓜分詩的抒情特性）（René Wellek等，1979），剩下來的詩就專為抒情而設。這專為抒情而設的詩，它的情感性固然還有歧見（諸如它能不能分指喜怒哀懼愛惡欲等情緒以及有否不尋常的高尚／極為低俗的感情的判別等，都會引發爭議），但總有一個可以「應物斯感」或「無中生有」的情在貫穿著，而成為我們談詩所無法避開或略去的對象。

在所有可處理的情中，愛情幾乎是最讓人「驚心動魄」或「黯然銷魂」的一環（C. S. Lewis，1998；Megan Tresidder，2003；Sofia A. Souli，2005；Zygmunt Bauman， 2007）；它的入詩比例恐怕也是最高的。畢竟還沒有那一樣東西可以比得上它的魅力：「情欲普見於文學、音樂、舞蹈、視覺藝術，形成娛樂業的主要部分，似乎滿足了人們心靈深處的需求。人們不只想做愛，還有一種著魔般的獨特渴望，時時想到性欲和愛情，加以思考反省，再寫成書，畫成圖，塑成雕像，譜成歌曲。藉著這些表達形式，我們承認和讚美自己熱愛性交和情欲的本性」（Diana Issidorides，2006：68）。所謂「娛樂業的主要成分」、「人們心靈深處的需求」等，都道出了愛情給人烙印至深的事實；而善感如詩人，豈能沒有大篇幅來書寫它的凌轢的企圖？

由於愛情的動力在於對一個可愛或想愛對象的迷戀兼及性的衝動，所以它的「產生自愛的佔有欲釋放後的橫衝直撞」的歧路性也就不可避免：「所有的愛都帶著食人族的衝動。所有的愛人都想抑止、撲滅、洗去那惱人的『異己』，就是它，讓自己和所愛分離；跟所愛分離，是愛人最深的恐懼，許多愛人會竭盡所能去逃離永別的幽靈。要達到這個目標，有什麼方法會比把所愛變成自己不可分離的一部分更好？我去那裏，你就去那裏；我做什麼，你就做什麼；我接受什麼，你就接受什麼；我憎惡什麼，你就憎惡什麼。如果你不是且無法當我的連體嬰，那就當我的複製人」（Zygmunt Bauman， 2007：57）。這回過頭來教我們認知愛情的，就充滿著愛／欲的糾葛以及渴望昇華或繼續沉溺的掙扎等難以「一視同仁」的複雜性：

早期希臘思想中，事實上愛的本質就被當作性，而伊羅斯則是希臘的性愛之神。後來拜柏拉圖作品之賜，愛的概念被闡述並從新定義……在〈饗宴〉將近結尾的部分，女祭司黛娥緹瑪說，愛無法以華麗的詞藻來定義，必須去看、去感覺、去想像、去體會。終身未婚的知名美國科學和語言哲學家皮爾斯認為，他體驗過黛娥緹瑪所形容的這種崇高的性愛形式（結合了美學的形式）。皮爾斯說，當他在進行哲學研究時，他「受到真正的愛欲

而賦予生氣」。（Christopher Phillips，2005：159）

1872年，羅素出生於一個古老的貴族家庭，後來自己也被冊封為伯爵。他以下列這句話作為他的自傳的開場白：「三個簡單卻強而有力的狂熱決定了我的一生：對情愛的需求、對知識的渴望以及一種對人類的痛苦難以承受的同情。」首先提及情愛絕非偶然，羅素對他需要情愛的理由也有詳細的說明：「我致力於追求情愛，一方面是因為情愛能產生狂喜陶醉……另一方面是因為它將我從孤寂中解救出來……最後則是因為在愛戀的融合中、在神祕縮影的寫照中，我察覺到天國的預兆，那個存在於聖者和詩人的想像中的天國。」（Wilhelm Weischedel， 2004：393）

這不論是把愛／情愛／性愛昇華到「靈魂對美的渴求」，還是讓它折衝於「肉體的滿足和靈魂的解放」之間，或是所未囊括的不同系統中頗異其趣的愛情觀（周慶華，2007b：162），都顯示了愛情還有得我們細繹對待。縱是如此，愛情在詩裏的翻攪騰飛，已經成了詩人的試金石。正如Pablo Neruda所說的「寫不好情詩的人不是最好的詩人」（向明主編，2006：代序5），抒情詩註定要由愛情撐起它的神采上的一片天。

三、愛情「濃度」的測試

縱使愛情在抒情詩裏的重要性已經凌駕其他的成分，但有關愛情的質感和伸展向度以及在異系統中可能的各別搬演等問題，卻還有待一併釐清，以便可以一體認知。這在論述的需求上，是為了知識旨趣的；而在情感的認同上，則是為了取捨借鏡的。換句話說，這類理路的追踪，有著搏知和應用兩面性，而為內在權力欲望發用的一種具體展現。

這不妨從愛情的「濃度」一點切入。愛情的濃度關係愛情的質感。它「渾」時，質感就厚重；而它「清」時，質感則變輕盈，總是難以等同看待或一概而論。好比「愛情如果是一場舞蹈，它可能是輝煌的華爾滋，或性感撩人的探戈，也可能是野性十足的搖滾。愛情之舞可能在平地展開，也可能始於高山峻嶺；可能花木繁茂，也可能寸草不生；可能乾旱枯槁，也可能多雨潮濕；可能酷熱難當，也可能寒氣逼人」（Diana Issidorides， 2006：38），像這種「你永遠可以按『刪除』鍵」（Zygmunt Bauman，2007：26）換感覺對象的液態愛情觀，被「恆久焦點式的關注」的質感就不可能不厚重。而這如果再卯上「孟德斯鳩寫道：『法國人從不以堅貞而自豪。』他認為男人對一個女人發誓說永遠愛她，根本就像是信誓旦旦地保證他永遠身體健康一樣可笑」（Megan Tresidder，2003：11）這一見異思遷論調，那麼愛情在人的急切迷戀中就會更添一份「即刻飽飫」的渴欲而使它無端的黏稠起來。

相對的，像「愛情很奇妙，有時候像傻瓜、白痴一樣，很努力、很卑微的愛，卻不見得能贏得愛情，甚至有時會自責」（統一夢公園編輯小組企畫，2003：125）這種放不開去勇猛於追求愛情或像「『情』應該從兩個層次來理解：一是一般所說的『愛情』。愛情是人類所獨有的情緒特質，同時也是人類在嬰孩時期獨特的脆弱所造成。嬰孩因為高度依賴母親的哺育，以至在跟母親分開後，產生強大的失落感。從此人就不斷『學習』如何找回最初的如神話般的美好記憶……『關懷』或『慈悲』是情的另一種層次。從這個角度來說，浪漫的愛情的確是一種高貴的人類情操，沒有愛情的經驗，人無法了解關懷和慈悲的可能。而學會關懷之後，人對愛情也會有更深沉更無私的理解」（統一夢公園編輯小組企畫，2003：126）這種念念不忘「返回母體」和昇華為「關懷之情」等攪入異質素的愛情觀，就會自行稀釋下去而根本無緣濃厚。這種差異，在表顯上有「性」的強烈欲求在折衝：

愛和性的連繫，是上帝對世人開的一個大玩笑。在愛情中，我們不時會以為自己正在飛，但性的蠢動卻讓我們赫然發現，自己原不過是個被人用線牽在手上的氣球……上帝這個玩笑雖然要我們付出代價，但它所給我們的好處，卻是無窮無盡的。（C. S. Lewis，1998：121）

只要排除不掉性欲的攪擾，愛情就不可能是淡淡的漣漪。因此，從厚重的一端著眼，愛情才會像Sophocles的《安蒂崗妮》一劇中所說的那樣超越一切事物：「愛情無往不勝／你徹夜監護／少女雙頰／你征服那些被你吸引前來的／富人或窮人／你甚至橫渡大海／沒有一位神仙／能從你手中拯救自我／也沒有任何凡人能逃得過你／在這無情苦澀的人生／芬芳香甜的花朵／一靠近你理性和深思／立刻紛紛逃逸」（Sofia A. Souli，2005：12引）。畢竟還很少見有人不需要性！

這麼一來，厚重質感的愛情，自然就會從婚姻中疏離開來：「十二世紀的貴婦人瑪麗曾寫道：『愛情和婚姻是兩碼事，戀愛時的種種美妙的感覺不會延續到婚姻中，因為戀愛時愛人之間的施和受完全是心甘情願的；然而結婚後就不是這樣了』」（Megan Tresidder， 2003：12）。倘若它不幸被婚姻捕獲了，那麼它很可能會演出「生命不可承受之輕」（Milan Kundera，2000）般的設法脫困重過「候鳥生活」或「頻為覓巢」，因為一部羅曼史是無法透過容易常熟或疲乏化的婚姻來保障的。所謂「有位諮商專家告訴讀者：『當你許下承諾，不管那再怎麼漫不經心，記住，你都很可能正在把其他也許更讓你滿意、更如願以償的羅曼史機會關在門外。』另外一位專家說得更直率：『就長期來說，許下承諾毫無意義……承諾就像任何一種投資，都有漲跌起伏。』因此，如果你想要『關連』，切記保持距離；如果你想從共處中尋求滿足，不要許下或要求承諾。任何時候都別把門關死」（Zygmunt Bauman，2007：23）、「蒙田補充說：『此外，愛情的本質不過是一種擾動的渴望，追求那永遠得不到的東西。一旦得到佳人芳心，就熱情不再；愛情的實現就是它的終點；因為愛情以身體為目的，所以總是有厭煩之虞。』」（Harald Koisser等，2007：39）等，不就真切的道出了此中的消息！

倘若要在抒情詩中愛情濃度的光譜上作個排列，那麼厚重和輕盈就分佔兩端，而中間模糊地帶則給邁不開步擇路出發的猶豫者。後者無從成為可審美或可評鑑的選項（因為不知道強調它有什麼特殊的意義）；剩下來舉凡思慮詩中所體現愛情的向度的，就只有厚重和輕盈兩端可以勉為一試。

四、果茶或奶蜜二選一

愛情濃度的清或濁，關係著抒情詩作者的表現模式及其所隸屬文化傳統的美感類型的鍛鑄。而這既然有厚重和輕盈兩端可以選擇，那麼它的可檢證性也就有了試煉的對象。這個對象，就是觸處可見的中西的抒情詩。中西抒情詩中愛情濃度的差異，可以用「果茶」和「奶蜜」來譬喻。前者，偏清而帶酸澀；後者，偏濁而會將可能的苦味甜化，彼此很難跨域升沉。

我們知道，中國傳統詩人書寫愛情，普遍都顯現為一種「強忍思長」的特性。如《詩經・蒹葭》「蒹葭蒼蒼，白露為霜。所謂伊人，在水一方。溯迴從之，道阻且長。溯游從之，宛在水中央。蒹葭悽悽，白露未晞。所謂伊人，在水之湄。溯迴從之，道阻且躋。溯游從之，宛在水中坻。蒹葭采采，白露未已。所謂伊人，在水之涘。溯迴從之，道阻且右。溯游從之，宛在水中沚。」（孔穎達等，1982：241～242）、樂府〈上邪〉「上邪，我欲與君相知，長命無絕衰。山無陵，江水為竭，冬雷震震夏雨雪。天地合，乃敢與君絕」（郭茂倩編撰，1984：231）、杜牧〈贈別〉「多情卻似總無情，惟覺尊前笑不成。蠟燭有心還惜別，替人垂淚到天明」（清聖祖敕編，1974：3157）等等都是。這種特性（強忍住不敢直說愛意而但存綿長的思念），就像在「熬果茶」，不論再怎麼加糖，都還是清可見底且酸澀如常。反觀西方詩人書寫愛情，則可以進到痴迷瘋狂的地步。且看：

我是怎樣的愛你　E. Barrett

我是怎樣的愛你！讓我逐一細算。
我愛你，盡我的靈魂所能及到的
深邃、寬廣和高度——正像我懷念
玄冥中上帝的存在和深厚的神恩。
……
我愛你，抵得上那似已隨著消失的聖者，
而消逝的愛慕，我愛你以終身的
呼吸、微笑和淚珠——假使是上帝的
意旨，那麼，我死後會更加愛你
（張忠江選，1971：64）

貓祕　S. Didda Jonsdottir

我渴望像貓一樣
一陣酥柔地被撫摸。
……
而一隻耳朵被溫柔地舔著。
愛撫遍我的手腳，
親吻我的股間，對著
我的毛喘息，我幸福地痲痺過去
當那一刻從我的肚臍輕擊出，
而我聽不見孤寂單調之音
因為我自身嗚嗚的叫聲。
（陳黎等譯著，2000：269～271）

這即使也可見「困折深重」，但終究要被他們的「熱情如火」所掩蓋（南方朔，2001：12～74），展現出近於崇高或悲壯而讓人兩相著魔的情愛況味（被愛戀的人有如此繁複的麗美內蘊或外煥；而寫詩的人也有如此善於想像興感的造美手段）（周慶華，2007a：255～256）。而相較中國傳統詩人書寫愛情的「含蓄宛轉」該一獨特的優美風格，西方詩人在這方面的表現就格外的「揚露張狂」，直逼或挑戰人類情愛審美的極限。前者即使到了頗受西方文化浸染的當今社會，相關的尺度也沒放寬多少。如黃惠真〈願〉「我願意／端坐於一件青瓷面前／與他隔著玻璃／守候／／守到自己化為一種土／可以讓巧匠製成另一件／青瓷／放在他旁邊」（向明主編，2006：113～114）、林煥彰〈想妳，等妳〉「我在一個地方，想你／有水聲、鳥聲、風雨聲，有／鋼琴伴奏的聲音……／等妳，我把一顆跳躍的心／收藏在針尖之上，日日夜夜／

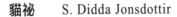

孤孤單單，的等妳」（統一夢公園編輯小組企畫，2003：113）、鴻鴻〈上邪〉「我的耳垂在你口中，我的唇舌在你乳房，我的手掌在你腋窩，我的性器沉落在你體內一個不可測的深處。而我自己從未見過的背影，在你眼睛的風景畫片之中……」（陳義芝主編．賞讀，2006：114～115）等等，像這些都仍是欲語還休，並未能夠自我跨越過去。

上述這種強忍思長和痴迷瘋狂的美感特徵，其實各有不可共量的文化因緣（詳後），不是一朝一夕就可以輕易「相取經」或「相融合」的（這是說西方人也同樣難以跨越過來）。而就這一點來說，繼起的詩人書寫愛情究竟取譬是要堅守果茶清韻還是轉向學得奶蜜濃律（不然就會面目模糊），總得從二選一，以見（或維持）特色。

五、中西書寫愛情差異的文化因緣

基本上，中西書寫愛情的巨大差距，無法只從可能的「偶然興感」成異一端來理解；它的文化背景這一終極的「無形的驅力」（當人尚未自覺時是這樣；如果已經自覺，它就會被權力欲望所收編）（周慶華，1997a；2001b；2004a；2005；2006；2007c；2008a；2009a；2011a；2016），才是彼此分繮異轡的關鍵。好比有人所提到對「美」的困惑：

從蘇格拉底到偵探小說家錢德勒筆下的惡棍，每個都為美而心折。古羅馬詩人奧維德稱美是「諸神的贈禮」，全世界的人都在追求美的魔力。美一直是道讓人屏息的謎，它的光采奪目，讓許多藝術家動容。科學已經告訴我們，美是多種元素構成的奇怪之物，非大部分人所能理解；研究人員現在仍在探索美為何有如此大的力量，美到底是什麼東西？（Daniel McNeill，2004：7）

這種困惑，基本上只有在「極盡變化」美感特徵的創造觀型文化傳統中才會發生；相對的在講求諧和而「穩著沉潛」的氣化觀型文化傳統中，就不可能這樣「無所止歸」（按：另有一系不便納進來談論的由印度佛教所開啟發展著的緣起觀型文化，它所在意的解脫志業，更不可能被美所左右）（周慶華，2007a：255）。

如果把文化視為「一個歷史性的生活團體表現他們的創造力的歷程和結果的整體」（沈清松，1986：24），那麼它就可以據理再分出終極信仰、觀念系統、規範系統、表現系統和行動系統等五個次系統。

所謂終極信仰，是指一個歷史性的生活團體的成員由於對人生和世界的究竟意義的終極關懷而將自己的生命所投向的最後根基；如希伯來民族和基督教的終極信仰是投向一個有位格的造物主，而漢民族所認定的天、天帝、天神、道、理等等也表現了漢民族的終極信仰。所謂觀念系統，是指一個歷史性的生活團體的成員認識自己和世界的方式，並由此而產生一套認知系統和一套延續並發展他們的認知體系的方法；如神話、傳說以及各種程度的知識和各種哲學思想等都是屬於觀念系統，而科學以作為一種精神、方法和研究成果來說也都是屬於觀念系統的構成因素。所謂規範系統，是指一個歷史性的生活團體的成員依據他們的終極信仰和自己對自身及對世界的了解而制定的一套行為規範，並依據這些規範而產生一套行為模式；如倫理、道德（及宗教儀軌）等等。所謂表現系統，是指一個歷史性的生活團體的成員用一種感性的方式來表現他們的終極信仰、觀念系統和規範系統等，因而產生了各種文學和藝術作品。所謂行動系統，是指一個歷史性的生活團體的成員對於自然和人羣所採取的開發和管理的全套辦法；如自然技術（開發自然、控制自然和利用自然等的技術）和管理技術（就是社會技術或社會工程，當中包含政治、經濟和社會等三部分：政治涉及權力的構成和分配；經濟涉及生產財和消費財的製造和分配；社會涉及羣體的整合、發展和變遷以及社會福利等問題）等（沈清松，1986：24～29）。由於這五個次系統彼此略存先後順序，所以可以從新將它們整編為一個關係圖：

文化

終極信仰

↓

觀念系統

↓

規範系統

↙　↘

表現系統…………行動系統

當中終極信仰是最優位的，它塑造出了觀念系統，而觀念系統再衍化出了規範系統；至於表現系統和行動系統，則分別上承規範系統／觀念系統／終極信仰等〔按：表現系統和行動系統之間並無誰承誰的情況；但它們可以互通（所以用虛線來連接）。如「政治可以藝術化」而「文學也會受政治／經濟／社會影響」之類〕（周慶華，2007a：184～185）。這樣中西書寫愛情的差異，就可以各自從表現系統上溯而得著整體性的理解。

首先，中國傳統「含蓄宛轉」的表情方式，是因為有「他人」在的關係。向來中國社會是以「家族」為基本結構單位，每個人都受到一個緊密網絡的制約，無從自由自在的談情說愛；偶有膽敢或放肆的去追求異性，也必定少不了「沒有這種福分」的他人（親戚兼及鄰人）閒言閒語的加被，導致下場如我一首詩裏所說的「別人喝的是奶蜜／我們沒有福分清淡一點／水果熬茶／口味不多還帶酸澀……／／呼叫情人一次／必須擾動空氣一圈又一圈／迴聲都傳進了旁人的嘴巴裏／吐出來的話語一定是烙紅過的」（周慶華，2008c：70～71）這樣不堪！相對的，西方社會以個人為基本結構單位，自己事「自行負責」而跟他人不必相牽連，所以大家都可以大剌剌的向所愛的人表白情意（甚至連帶的不諱言對性欲的渴望），以至痴迷瘋狂的示愛方式在沒有阻力的情況下能夠相沿成習。而它的盛況也如我另一首詩裏所說的「一根棒槌／遇到一個凹洞／最甜美的性滋味就這樣幸福的翻飛／除了它再也沒別的致命的吸力了／垂死的肉身作者願意作見證……／／這是奶蜜流淌的世界／從上帝忘記造門起就汩汩稠稠的瀰漫每一個翱翔的空間／不必測度自會有前來學習的痴情種／在退了燒的膜拜後從新／歌頌愛它的高溫不能稀釋」（周慶華，2008c：48～49）那樣在風行著。

其次，從規範系統所看到的這一「家族倫常」和「個人倫常」所給中西書寫愛情的狹窄和寬闊空間的對比，再往上溯到觀念系統，就是氣化觀和創造觀兩種世界觀的互不相侔。前者以為宇宙萬物都是精氣化生的，而化生後的人蚶結在一起，必須分親疏遠近才能過有秩序的生活；而分親疏遠近就勢必要以血緣為依據（周慶華，2001b；2005；2007c），這樣人的「後天的個性」從此就銷蝕在「先天的羣性」裏，也才有想愛卻不敢張揚的苦楚和無奈！而後者以為宇宙萬物為上帝所造（少數唯物論者的否定和懷疑論者的不信，基本上無法動搖這種觀念），每個人都是獨立的個體；而經過協商組成社會所形成的「後天的羣性」，沒有理由回過頭來抑制「先天的個性」（周慶華，2005；2007b；2008b），以至造就了西方人可以不必禁忌的衝刺品嚐愛情滋味的習性。

再次，中西方人的「氣化意識」和「受造意識」的不同，在終極信仰裏得由闇默的「上帝」和「道」（自然氣化的過程或原理）各自來發端。這雖然無法進一步獲知起始點差異的緣由，但各別的信仰一旦形成了，彼此不可共量的文化因緣也就根深蒂固的底定：一個講究情愛要由「道」下貫來節制；一個講究情愛則可以想像「上帝」已經授權而毋須掩飾旁顧（周慶華，2000b：64～65）。也因為如此，我們才能理解文藝復興時期Giordano Bruno所寫詩中的這種激情：「當飛蛾朝向鍾愛的光源時，／並不知道撲火的嚴重後果；／當口乾舌燥的麋鹿跳往河邊時，／並不知道鋒利的弓箭正等著他；／當獨角獸奔向足以蔽身的洞穴時，／並不知道那有為牠而設下的陷阱：／在光源中、河水邊和洞穴裏，我看到火焰、弓箭和繩索。／我極度的渴望是甜蜜美好的，／因為崇高的火把滿足了我，／因為神性的弓箭似甜美的傷口遮蓋了我，／因為陷阱的繩結拴綁住了我的渴求思念，／那麼，儘管一切是如此難以承受——／心中的火焰、胸前的弓箭和心靈的套索」（Harald Koisser等，2007：62～63引）。這在中國傳統詩人是無緣開口，也開口不了的。

同樣都是對愛情有所嚮往，但在具體行動上卻有的像在熬果茶而酸澀遍嚐，有的像在釀奶蜜而甜膩在口（即使有中途遇挫的，也會因為有「不斷另覓」的機會而總會嚐到這種美味），詩人各自所隸屬的文化背景（尤其是深層次的觀念系統和終極信仰）的殊異，實在是此中最難可取代的緣由。它們已經摶成的美感類型不必再分軒輊（反正彼此也很難融通置換），只要知道各自「其來有自」，今後就有相互體諒欣賞的可能；剩下來的，就是前景如何規模的問題。

六、文學文化學的發展方向

所謂前景如何規模，可以是「繼續不必中斷」式的思維，也可以是「從新出發」式的思維；這是文學研究在進到一個更高階段所得承擔的使命。而這在我作為一個研究者來說，自然要給個說詞，才能自我放行。換句話說，前面所展現出來的文學文化學的研究模式，在終極點上總得提供一點必要的建言給詩人作為繼起創作的依循以及一併為同類型的研究再盡些諍諫的責任；而這點就可以順著上述的說法續為發揮，以便思路能夠暫告一個段落完篇。

依照經驗，因為文化的隔閡而導致文學表現形態的差異，很難像比較文學者所以為的只要找到共通的美學據點就可以勉為予以消弭那樣的樂觀（葉維廉，1983；豐華瞻，1993；曹順慶等，2003）；它的實質上的「不可共量」性，仍會一再的考驗我們的洞見和踐行能力。因此，所謂從新出發式的思維如果是像近代以來國人這樣勤於向西方取經的話，那麼它很容易就會被設想成「仿效就是了」（而這證諸所有新文學的興起和流行，也的確沒有不以西方文學為「馬首是瞻」的），但實情卻是文化積習難變，至今還沒有一種經仿效後的文體不小人家一號（周慶華，1997a；2004c；2007c；2008b）。也難怪西方人對它根本不感興趣（L. James Hammond， 2001），而所撰寫世界「文學地圖」一類的書也未曾給它留個位置（Malcolm Bradbury，2007）。很明顯這裏面還有大家所沒考慮到的問題，得再慎重的將它排入討論文學前景的議程。

整體來看，中西文學緣於各自的文化傳統而表現出「情志思維」和「詩性思維」兩種不太搭軋的思維形態。當中詩性思維，是指非邏輯的思維（原始的思維或野性的思維），它以隱喻、換喻、借喻和諷喻等手段來創新事物，從而找到寄寓化解人／神衝突的方式（也就是試圖藉由文學創作來昇華人性終而解決人不能成為神的困窘的化解跟神性衝突的一種作法）。像這種情況，所締造的勢必是一波又一波的創新風潮。它從前現代的敘事寫實性作品奠定了模象的基礎，再經過現代的新敘事寫實性作品轉而開啟了造象的道路，然後又躍進到後現代的解構性作品和網路時代的多向性作品展衍出語言遊戲和超鏈結的新天地，這中間都看不出會有停滯發展的可能性；而西方人在這裏得到的已經不只是審美創造上的快悅，它還有涉及脫困的倫理抉擇方面的滿足，直接或間接體現作為一個受造者所能極盡回應的本事。

至於情志思維，是指純為抒發情志（情性或性靈）的思維，它的目的不在馳騁想像力而在儘可能的感物應事。因此，相對於詩性思維，情志思維很明顯就少了那麼一點野蠻／強創造的氣勢；它完全從人有內感外應的需求去找著「文學的出路」。而這無慮是緣於氣化觀底下以為回應上述的「綰結人情」的文化特色使然；它原是自足的，但由於一百多年來敵不過西方文化，從此就退藏於密而不再發揮應世的功能。這麼一來，世人就會漸漸淡忘曾經還有一種異質文學的存在。

如果不受限於當今西方文學獨霸而形成的單一視野，那麼這裏就可以說舉世所實踐過的文學創作至少有中西兩大類型足以競比互映。它在西方傳統為詩性思維所制約，而在中國傳統則為情志思維所制約，彼此一傾向外衍一傾向內煥；馴致外衍的恣肆宏闊而有氣勢磅礡的史詩及其流亞戲劇和小說等的賡續發皇，而內煥的精巧洗鍊而有抒情味濃厚的詩歌及其派典詞曲和平話等的另現風華。

可見中西文學在先天上已經不可共量，而在後天上是否可以融通也不無疑問。理由是西方文學從前現代的模象走到了現代的造象和後現代的語言遊戲以及網路時代的超鏈結，相關的形式、技巧和風格等都一再的翻新求變；而海峽兩岸的中國人從上個世紀初起棄捨了既有自我專屬的抒情寫實的道路而改崇尚西方的創作的模式，卻因為「內質難變」和「效外無由」而至今還是沒有一種體裁不像前面所說的小人家一號（形同追趕不及或超前無望）。至於西方人長久以來雖然不乏接觸中國文學的機會（林水福等，1999；徐志嘯，2000；李岫等主編，2001），但由於「文化障礙」及其「霸權心態」作祟，也仍舊難見深受影響的成效（詳見第一章第二節）。

在這種情況下，如果以本脈絡所專揭發的抒情詩愛情的濃度這一文學文化學的研究模式來說，那麼它就不合以「再行尾隨」為所要提點的方向，但要倡導回返自我傳統的創作形態卻又嫌「時機不對」且「無所長進」（古人從詩經到楚辭、樂府、古體、近體、詞、曲以下，也是不斷在尋求系統內文體的更新，如今果真可以回返了，那麼又將要回返那一種文體呢），這又該何去何從？我們知道，愛情原存在於二人之間，只要「干擾源」或「附帶條件」（如轉成普遍的「關懷之情」之類）越少，那它就越有可能厚重濃度和聯想翩翩而成為一種有能見度的典範。但這在國人的創作踐履中既不可能有機會體現且以仿效他人為高，而傳統精巧洗鍊情思的表達方式又礙難再予以發揚光大，以至規勸大家在當今的繼續不必中斷和想望中的從新出發的一體兩面性，就得轉由另尋「雙重超越」式的新書寫愛情的形態來從新發聲。它目前雖然還無能形塑具體面貌，但一旦懷有這一觀念，遲早會有人被激勵而先馳得點。而所謂文學文化學的發展方向，以我的研思所得，無疑的就以這種理論的規模和相應的實踐籲請為最切近的範式。

總結篇

第十一章　新詩的寫作教學

一、論題的緣起

詩，一個不太複雜的字，卻蘊涵著無限多的玄機。就以生產它的詩人和它的關係來說，有人就發現那裏面有著一段密合期：「詩人和語言結婚，然後生出詩來」（W. H. Auden語，出處未詳），而這得有愛（意識形態）、勇氣（道德信念）和機智（審美能力）等錯綜複雜的因素介入才能成事。此外，它還可以被強為定調：「只有當我們的詩人能夠讓『想像的花園蹦出活的蟾蜍』時，我們才會有真正配稱為詩的東西」（Philip J. Davis等編，1992：285引）；而生產它的詩人本身也可能帶著戒慎恐懼的重擔：「小丑假扮成詩人／一副自大傲慢的官僚樣／像冒牌賣弄的傳令官／你成了一個標準的挑夫跟班／所攜帶的只是凋枯的繽紛花束／但作為詩人非關驕傲／它不過是自然所造成的錯誤／他肩上的重擔只有／恐懼」（南方朔，2005：275～276引）。這種種不知「緣何而來」又不知將「從何而去」的攸關詩的秘密，豈不深具魅力而不斷地引誘著旁人勉為嘗試探它一探？所謂「論題的緣起」，在我來說就是這麼緣起的。

主標題「新詩的寫作教學」的訂定，是有感於一個高度審美對象無妨深為普遍內具醞酵和轉為參與創作而自度可以推廣所裁決的；而隱藏的副標題「一個創意跨領域的思考模式」的增列，則是為了顯示這次的論述有別於先前相關論者的泛論淺說，以便為繼起的新產品規模前景。我們知道，近百年來漢詩的「自由化」已經主宰了詩壇的運作；但它的仿效西方詩作而無力超前的窘境正在自我莫名的困折著，而早已遠颺的傳統的創作形態則難以再來滋養後續觀念的翻新，兩頭落空的結果就是我們如今所要面對的詩的「生死抉擇」的關卡（周慶華，2004a；2004b；2007a；2007c）。因此，羅列著上述全緣自西方人對詩的省思意見，既有著一絲的欣喜（欣喜它們的感動人心），又不免更添加不能立即起先導作用找到出路的感傷。盼望這段積鬱的「心路歷程」在完稿後能夠得著相當程度的紓解；而我作為一個論述者的深感文化花果持續飄零和國人開新無方的多端憾恨，也可以因為自己有了一點「改善對策」貢獻而稍微釋懷！

二、詩作為一種特殊的審美對象

不論詩曾經被寄予多少詩人的「憧憬」、讀者的「感發」和社會的「利用」等厚望（Aristotle, 1986；荻原朔太朗，1989；李元洛，1990；蕭蕭，1998；王一川，1998；孟樊，1995），它都得足夠一個審美對象才有獨立存在性。換句話說，不管詩是原先的文學所「總出」（王夢鷗，1976），還是後來的文類劃分稟異而「自存」（沈奇編，1996），它在刻意要區別於其他學科時都不能缺少在相對上可以自主的特性。而這在總說上則是有意象作為詩的基本構造成分，再搭配以韻律的經營和形式的變化等條件（周慶華，

2007c：120～122），從此而有別於其他逕直表意且不重視修飾包裝的諸如哲學、科學等學科。

詩的語言意象化後，它的譬喻／象徵性就跟著出現了。這種譬喻／象徵性雖然不被哲學和語言學當一回事（George Lakoff等，2006：3），但要論及審美卻絲毫也「少它不得」。也就是說，詩所以為詩，就在它特能以意象來曲為表意，而譬喻／象徵這兩種最精緻也最多變化的藝術技巧（Giambattista Vico，1997；Tzvetan Todorov, 2004；胡壯麟，2004；黃慶萱，2004），也就「相機」或「隨體」的在發揮它們的美感功能。這種美感功能，在不識趣的人那裏也許會詆斥為是文學家（詩人）的騙術（Ian Caldwell等，2006：12），而使詩成了一種美麗的謊言。這形同是要迫使人文世界一體化（不讓文學美感有生存的空間），自然是霸道無理而可以不予理會。它的可悲可嘆，無非就像底下這則對話所喻示的：

「服務生！怎麼這隻龍蝦只剩一隻鉗子？」
「牠和另一隻龍蝦打架時打輸了。」
「那麼換那隻打贏的龍蝦給我！」
（何權峰，2004：42）

顯然會說「那麼換那隻打贏的龍蝦給我」的人是不可能對「牠和另一隻龍蝦打架時打輸了」那句帶著詩的感興的話語發出會心一笑的！而他的只知「吃」的粗魯樣，我們也可以想見高格的審美品味跟他無緣。如果要說詩有什麼特別，那麼它可以轉素樸過活為優雅享受而著為營生典範就是了。

有兩段帶後設性的詩語說道：「理性有月亮相伴；月亮卻不歸屬於她。／投映在鏡面般的大海上，／困惑了天文學家，／啊，卻討好了我」（Walter W. Sawyer，2006：205引）、「當你和我都具有雙脣和聲音，／可用來歌唱和接吻，／誰還會去關心／那個無聊的傢伙發明了度量春天的工具」（白秀雄等，1995：23引）。這是深得審美情趣三昧的人才說得出口的；而裏頭所隱含的詩心雅興，也不知讓當事人已經玩賞美化人生過幾回了。這倘若能夠再把詩推向更唯美的境地，那麼就可以連著昇華為只此一家的「一種特殊的審美對象」。好比「無色的綠思想喧鬧地睡覺」、「她拳頭般的臉緊握在圓形的痛苦上死去」和「時間的熾熱一直持續到睡眠為止」等不為語言學家和哲學家所諒解的矛盾修辭或故意誤置範疇句子（Raymond Chapman， 1989：1～2；Peter A. Angeles，2001：59），卻高度地隱喻創新了一個有關茂長的思緒、死亡的絢美和無止盡的煩躁等感性的世界（詳見第一章第二節）。它的可供人多方且深入玩味賞鑑的美感特徵，只在詩的領域為可能；而當這一更見耽於美事的詩藝成了可蘄嚮的對象後，就可以從新直接以上述的「一種特殊的審美對象」（而不僅僅是「一種審美對象」）來給詩作定位，而讓詩因此享有穿梭經加值後的繆思國度的特權。

三、能教的詩與不能教的詩

讓詩從我們賦予它「一種特殊的審美對象」標誌而得以自由穿梭繆思國度後，接著就是如何傳承發皇這種觀念的問題了。換句話說，詩作為一種特殊的審美對象固然有前節所指出的藉意象的譬喻／象徵來曲為表意以及可以極盡反熟悉化以達唯美純藝的效果等特徵，但如果不是因為人的「觀念先行」而限定它的表出形態及其領受方向等，詩也不可能是如今我們所面對的這個樣子。因此，上面的「賦予」說，在主體性意涵上它必須被這般歸結；而在應世或應機性上它也得有這樣的發生源來保障自我的異驅動能（排除偶發成就而無所馳驅逞能那種情況）。而這就勢必再進展到詩的教學推廣這項「文化事業」的帶某種嚴肅性的思慮了。

縱是如此，教學本身的「先覺覺後覺」的不對等的發言關係（周慶華，2007c：4～5），卻也因為詩這種獨特的審美對象不盡可以全包而得寬容一點看待。也就是說，詩有可教的和不可教的，二者所存在的難以跨越的分際必須先有一番深透的理解，才不致枉使力氣！雖然有人認為「和《愛麗絲夢遊奇境記》中的白皇后一樣，詩人在早餐之前可以相信六件不可能之事為可能的。下面是我所開列的詩使其成為可能的各種學理上的不可能：（一）字面不可能；（二）非我存在的不可能；（三）做前所未有之事的不可能；（四）改變不可改變事物的不可能；（五）等同對立雙方的不可能；（六）完全翻譯的不可能。詩運用包括譬喻和想像的聯想跳躍在內的許多手段，使這些不可能成為可能」（Philip J. Davis等編，1992：284），但詩這種可以使許多不可能的事變成可能的過程卻讓人有「無從教起」的困惑和挫折感。如：

威爾弗雷德·歐文動人的一戰時的詩歌〈奇異的會見〉為字面不可能提供了一個具體例子。詩人在「深而昏暗的地道下」見到了他所殺死的敵人並相互交談。從字面上來看這是完全不可能的，但在夢境或幻覺中卻會成為千真萬確的事……在上述諸種學理上的不可能和詩歌中存在的少數幾個真正的不可能之間，完全翻譯的問題可以成為一座過渡的橋樑（也就是由「再創作」來克服完全翻譯的不可能難題）……（Philip J. Davis等編，284～291）

這些都可算是「使不可能之事為可能」的成功的例子，只不過沒有人能夠一一的說明「它們是怎麼被辦到的」；以至所謂詩的教學就有可致力和不可致力（但可以局部揣摩想像且試為引導寫作）的層次上的區分。這種區分，不是為了脫卸責任，而是為了更知所因應審美感興的倏忽變化和伸展無端等異常狀況。

大體上，詩的可教的層次是在相關審美特徵的認知上。好比底下這段詩所可以供我們尋繹的：「我最喜愛的時候是清晨；仲夏則是／最喜歡的季節。有一次，／我偷聽自己醒來，半個我還在沉睡」（Vladimir Nabokov，2006：107）。當中「我偷聽自己醒來」這一特殊的造語，至少有四層由淺入深的意思：第一，隱喻人有後設察覺的能力（不直說，才為文學）；第二，將「聽」／「醒來」兩個不同的範疇並置以產生「舊詞新用」和「靈肉分離」（由靈中的「識」在察覺）等可感的東西；第三，偷聽自己醒來，好像發現了天大的秘密，「快悅」會傳染給人；第四，「聽」的奧妙，經驗可以內化（如「聽蝸牛在傳達什麼」／「聽水在唱什麼」／「聽那對不講話的小情侶在嘔氣什麼」／「聽我便當裏的雞腿在抗議什麼」等等）（周慶華，2007c：序Ⅱ～Ⅲ）。像這些審美特徵，都可以在範限知識經驗時予以貞定，並且透過傳授冀其廣為發揮「仿作」或「新創」的作用。這理應是無可置疑的；只是一個詩人得多艱難或多曲折或多偶然才能寫出這樣的詩句，卻沒有一點軌跡可以依循，導致「運用之妙，存乎一心」這句說了等於沒說的老話還是要被召喚回來充數結案。因此，詩的不可教的層次，也就在於「無法教人寫出那樣的詩」的蹇困中幽然浮現了。

後者（指詩的不可教），所涉及的是詩人各有審美直覺、文化涵養、表述能力、甚至靈感等等，彼此很難互通有無，自然也無從在教學中重歷對方的寫作過程。就以審美直覺來說，輪扁語斤的故事就是一個活生生的類似的例子：「桓公讀書於堂上，輪扁斲輪於堂下，釋椎鑿而上，問桓公曰：『敢問公之所讀者何言邪？』公曰：『聖人之言也。』曰：『聖人在乎？』公曰：『已死矣。』曰：『然則君之所讀者，古人之糟魄已夫！』桓公曰：『寡人讀書，輪人安得議乎！有說則可，無說則死。』輪扁曰：『臣也以臣之事觀之。斲輪，徐則甘而不固，疾則苦而不入，不徐不疾，得之於手而應於心，口不能言，有數存焉於其間。臣不能以喻臣之子，臣之子亦不能受之於臣。是以行年七十而老斲輪。古之人與其不可傳也死矣，然則君之所讀者，古人之糟魄已夫！』」（郭慶藩，1978：217～218）詩從詩人吟哦它到體現為文字篇章，這中間的「得之於手而應於心，口不能言，有數存焉於其間」的經驗連詩人自己都有可能備具，怎麼能夠由旁人「代為言宣」？西方曾經有過的「我比作者更了解作者」一類的說法（周慶華，2000a：2），想來不過是「酒後狂言」，我們不必當真。

此外，還有靈感一項，特別會危及詩的教學的必要性。所謂「詩人是一種四體發光、翼生雙脅的神聖之物，除非受到啟示，否則詩人是寫不出詩來的……因為讓他吟出詩句的，不是藝術，而是神的力量」（Marilyn Ferguson，2004：139引）、「值得注意的是希臘人自己賦予了『附身』更為寬廣的延伸解釋。藉著它，他們了解了靈感的所有現象，特別是有關寫詩的靈感。就文學的觀點，詩人最初在他作品的開端以詩來喚醒繆思時，必然已經了解，必須吟唱的是繆思女神，而不是詩人自己……詩人深信他無所創造而是另一者，繆思，藉由詩人的手來創造……這般的觀念……只能被解釋為承認了有創造力的藝術家的自發活動，跟他的作品之間並無任何關連，而他最為完美的產出則藉著神助才能獲致」（Harold Rosenberg，1997：97～98）等等，這把詩人所以能夠寫作全歸諸

「神賜靈氣」或「靈附感應」（靈感一詞的原始義）固然不可盡信，但對於靈感該一可能潛藏於意識底層或生命力的突進跳躍中的動力因素（廚川白村，1989：21），卻也讓人覺得要無端的罷手而不再奢言教學，才是「明智之舉」。

四、創意跨領域的教學嘗試

倘若說重歷詩人的寫作過程是一件幾乎不可能的事，那麼剩下來可以教學的就只限於對詩作的種種審美知識的傳授。這是試著把審美知識化所出現的一種激勵培養審美感興的方式（Virgil C. Aldrich，1987；劉昌元，1987；張法，2004），它的位格縱使只停留在「傳知」階段而無法進一步保證受學者立即可以直覺領受，但它的可望轉換機制也能夠一併成形的機會仍在，於是「不能教的詩」和「能教的詩」也就處於潛在的辯證關係中而無妨我們盡情或統統的戮力以赴（這也算是「知所因應審美感興的倏忽變化和伸展無端等異常狀況」的一種權宜辦法）。

這在討論的階次上，理當可以從最基本的意象的取譬寓意（兼含比喻和象徵）談起。我們知道，意象這種心中的「意」（思想情感）藉由外在的「象」（事物）予以表現而成就的語用符號，早已是詩人的特愛；而它的取譬寓意性也成了詩的藝術性本身最大的特徵。只不過意象這種「轉了一層」才見底（而不是直接說出實意）的東西究竟如何能夠有效的達意，向來論者是不會那麼容易妥協而給予正面肯定的（孔繁，1987；曾祖蔭，1987）。反而是它有一種可以讓運用者「自我逃避」（或「自我否定」）的功能特別值得一提：「宗教人採用意象，因為無法『直接』說出他想要說的，而意象容許他逃避『既成的』實在界。但他討厭把某種明確的實在界劃歸意象本身。事實上，宗教心靈創造了意象，同時又對這些意象保持一種『打破偶像』的態度。它今日斥為偶像者，正是它昨日奉為聖像者。黑格爾雖然把一切宗教符號貶抑到表象的層次，但卻清楚覺察當中有一種否定的驅力，使宗教反對它自己的意象」（Louis Dupré，1996：160）。宗教的意象性語言弔詭的自我宣示所謂實在界或終極真理的不在場；同樣的，詩的意象性語言也等於不敢保證相關旨意的表達可以成功。因此，「自我逃避」也就成了一種戲玩意象的修飾詞，它終究要跟生命解脫或美感昇華的課題連結在一起（周慶華，2007a：124～125）。

古人有所謂「詩無達詁」（董仲舒，1988：567）、「雖然作者之意，豈能必讀者之意而悉解之？解而得與解而不得，則姑聽於讀者之意見，不必深求之也」（余成教，1983：1736）、「作者之用心未必然，而讀者之用心何必不然」（譚獻，1988：3978）等說詞，這從他們一樣兼有作者身分來看，事實上多少都隱含有上述這種「戲玩」將何所歸趨的焦慮成分；以至繼續繁複化意象的創造而更方便自我逃避（而任由別人去依便「詮釋」或無心「領會」），也就得成為詩人必須從新肯認的宿命。而這類唯美的解脫法，在傳知式教學的極大化上，毋寧就是創意跨領域的取徑。這種取徑以發掘內部或外部的超越性創新意象為宗旨，冀能依例再行超越創新。而所謂內部的超越性創新意象，是指同一系統中累增的基進表現；而所謂外部的超越性創新意象，則是指跨系統交互的基進表現，二者都能夠在終極上發現到典範而可以提供相關教學最可貴的資源。

在中國傳統上，對於「文風代變」有自屬系統內的敏感性。所謂「名理有常，體必資於故實；通變無方，數必酌於新聲。故能騁無窮之路，飲不竭之源」（劉勰，1988：3118）、「作者須知復變之道：反古曰復，不滯曰變。若惟復不變，則陷於相似之格；其壯如駑驥同廄，非造父不能變，能知復變之手，亦詩人造父也」（郭紹虞，1982：211引皎然語）、「蓋文體通行既久，染指遂多，自成習套。豪傑之士亦難於其中自出新意，故遁而作他體以自解脫。一切文體，所以始盛終衰者，皆由於此」（王國維，1981：25）等等，都是在說這種累增的基進表現的必要性；而實際上的從詩經、漢樂府詩、唐近體詩和宋元詞曲等一路發展下來，也的確明符暗合了這一「代際必變」的鐵律。至於交互的基進表現，則有近代以來國人的仿效西方自由詩的新詩在困勉圖謀，成果雖然還難以評估，卻也不乏傳統所未見的殊異姿采。如果說前述的詩的「普遍規律」可以由第一章第一節那一簡圖來表示：那麼這裏所謂的「整體呈現」能否成形或「片面精采」如何可能，就得再用第三章第一節那一屬更高層次的簡圖來說明或想像它的概況：圖中創造觀型文化內的文學表現一脈從前現代發展到網路時代，這將在下節再作詳論；而氣化觀型文化內的文學表現從二十世紀初以來就幾近停頓而轉向西方取經，從此遠離了傳統；至於緣起觀型文化內的文學表現本來就不積極（但以為悟道成佛的筌蹄），也無心他顧，所以雖然略顯素樸卻也能維持一貫的格調（周慶華，2004a：143～144）。倘若純就求變上來說，那麼氣化觀型文化內的文學創新這種交互的基進表現，無疑就由國人所體現。例子如第一章第三節所引紀弦〈月光曲〉、碧果〈鼓聲〉和林羣盛〈沈默〉等詩作。

在紀弦的〈月光曲〉裏，所隱喻月亮的「燈」這個意象是語言，寫實性十足；到了碧果的〈鼓聲〉，意象變成了圖像〔由圓黑點來象徵人無妨對鼓聲的幾何新美感（鼓聲原為「爆裂」狀，現在改以幾何中最美的「圓形」列序，則無異在誘引讀者重蘊審美感興）〕，則新寫實性味濃；再到林羣盛的〈沉默〉，意象則全部符號化了，儼然是語言遊戲的極端表現。可以說越往後則越見轉異系統為己系統以為開新的憑藉（焦桐，1998；丁旭輝，2000；孟樊，2003），終而也有了傳統所不及的偌多成就（至於尚未引及的超文本詩例，只因為那些詩作只能存在於網路或其他電子媒體，無法摘錄來談論）。相關的教學如果能從這些累增的基進表現和交互的基進表現著眼「舉一反三」或「以此類推」，那麼就可以說這是在嘗試從事創意跨領域的教學；它的可預期的優越成效，一定有「不知如是者」或「不能如是者」所望塵莫及的地方。

五、三種不同的詩的思維與教學方向

詩的創意跨領域的教學固然如上述所規模的方案可為一試，但這當中還有一個第一節所說的「近百年來漢詩的『自由化』已經主宰了詩壇的運作；但它的仿效西方詩作而無力超前的窘境正在自我莫名的困折著，而早已遠颺的傳統的創作形態則難以再來滋養後續觀念的翻新，兩頭落空的結果就是我們如今所要面對的詩的『生死抉擇』的關卡」的累增的基進表現全然退卻而交互的基進表現又無益尊嚴（只要是學別人的東西，就沒有超越別人成就「與人競勝」爭取榮光的可能）的「何以自處」的問題要處理。而這得從西方人為何能夠不斷地有累增的基進表現而非西方人則「志不與共量」或「不時興大幅度躍進」的關鍵點談起，才能再接續到詩的教學課題。

大致上，這可以透過現存三大文化體系所內蘊的不同的詩的思維來了解。根據前面所列表區別的三大文化體系中的文學表現，雖然各自都有專屬的寫實傳統，但彼此的寫實性為一而所寫實的「內涵」或「質地」卻迥然不同。當中創造觀型文化中的寫實是「敘事寫實」（模寫人／神衝突的形象）；而氣化觀型文化中的寫實和緣起觀型文化中的寫實則分別是「抒情寫實」（模寫內感外應的形象）和「解離寫實」（模寫種種逆緣起的形象），彼此幾乎不可共量。而本來人類的整體文學因為有這樣的「爭奇鬥艷」而饒富審美情趣；只是創造觀型文化內部緣於媲美上帝造物本事的企圖心越見強烈，導致敘事寫實的傳統終於被現代前衛的新寫實所唾棄，爾後又竄出後現代超前衛的語言遊戲和網路時代超超前衛的超鏈結等在持續的展現再開新的勇氣（周慶華，2007a：13），以至如今只有它一枝獨秀而其他文化中的文學表現則被迫前去尾隨或自行沉闇！

換個角度看，現存的文學表現所以會是這個樣子，應該還有可以據為辨別的概念架構在。也就是說，從創造觀到敘事寫實傳統以下或從氣化觀到抒情寫實傳統以下或從緣起觀到解離寫實傳統以下，理當還要有一個中介的環節去「承上啟下」，才能完滿這一文學的形上的「運思之旅」。就以明顯可以取為對比的中西文學來說，西方傳統深受創造觀影響而有「詩性的思維」在揣想人／神的關係；而中國傳統深受氣化觀的影響而有「情志的思維」在試著綰結人情和諧和自然，馴致這裏就出現了「詩性的思維VS. 情志的思維」這樣一組中介型的概念。當中詩性的思維，是指非邏輯的思維（原始的思維或野性的思維），它以隱喻、換喻、借喻和諷喻等手段來創新事物，從而找到寄寓化解人／神衝突的方式（也就是試圖藉由文學創作來昇華人性終而解決人不能成為神的困窘的化解跟神性衝突的一種作法）。而它從前現代的敘事寫實性文本奠定了「模象」的基礎，再經過現代的新敘事寫實性文本轉而開啟了「造象」的道路，然後又躍進到後現代的解構性文本和網路時代的多向性文本展衍出「語言遊戲」和「超鏈結」的新天地，這中間都看不出會有停滯發展的可能性；而西方人在這裏得到的已經不只是審美創造上的快悅，它還有涉及脫困的倫理抉擇方面的滿足，直接或間接體現作為一個受造者所能極盡回應上帝造物美意的本事。

至於情志的思維，是指純為抒發情志（情性或性靈）的思維，它的目的不在馳騁想像力而在儘可能的感物應事。所謂「氣之動物，物之感人，故搖蕩性情，形諸舞詠……若乃春風春鳥，秋月秋蟬，夏雲暑雨，冬月祁寒，斯四候之感諸詩者也」（鍾嶸，1988：3147）、「屈平疾王聽之不聰也，讒陷之蔽明也，邪曲之害公也，方正之不容也，故憂愁幽思而作〈離騷〉」（司馬遷，1979：2482）、「大凡物不得其平則鳴。草木之無聲，風撓之鳴；水之無聲，風蕩之鳴，其躍也或激之，其趨也或梗之，其沸也或炙之；金石之無聲，或擊之鳴。人之於言也亦然，有不得已而後言，其歌也有思，其哭也有懷」（韓愈，1983：136）、「夫文生於情，情生於哀樂，哀樂生於治亂。故君子感哀樂而為文章，以知治亂之本」（董浩等編，1974：6790）等等，這所提到的人因外物的刺激而舞詠陳詩、因身世的坎壈而憂懷賦詞、因心有不平而疾詞鳴冤、因治亂不定而情切摛文等等，都展現了共系統的同一個理路。因此，相對於詩性的思維，情志的思維很明顯就少了那麼一點野蠻／強創造的氣勢；它完全從人有內感外應的需求去找著文學的出路。而這無疑是緣於氣化觀底下以為回應上述的「諧和自然／綰結人情」的文化特色使然（因為氣化成人，大家如氣聚般的糾結在一起，必須分親疏遠近才能過有秩序的生活，以至專門致力於經營良好的人際關係或無意世路以為逆向保有人我實存的自在，也就勢所必趨；而同樣都是氣化，萬物一體，當然就不會像有受造意識的西方人那樣為達媲美上帝的目的而窮於戡天役物）；它原是自足的，但於近百年來敵不過西方文化，從此就退藏於密而不再發揮應世的功能。這麼一來，世人就會漸漸淡忘曾經還有一種異質文學的存在（詳見第一章第二節）。

如果真的要暫時撇開上面這類近於遺憾的情緒不說，而僅從就事論事的角度來談相關教學的問題，那麼一種「低一級次」的交互的基進表現還是可以勉為藉機發微一番。這裏姑且以第一章第四節所舉夏宇〈閱讀〉和我的擬構為例（為方便說明重列一遍）：

閱讀

舌尖上

一隻蟹

（張默編，2007：5～6）

這乍看不難察覺它是用「蟹」的意象來隱喻人在閱讀時輕微「嘴動搔思」的情況；但再細微一點的看，這所讀的恐怕是外文書才有這種感覺（蟹的橫行又隱喻著外文的蟹形兼橫寫狀）。因此，類似這種想像力倘若要運用來創新閱讀中文書的意象，那麼它就可以變成這樣：

閱讀

舌尖上

一顆彈珠

由於中文備有獨特的聲調可以發揮抑揚頓挫掣情的效果（周慶華，2007c：75～83），所以在閱讀的感覺上有一顆彈珠在舌尖上彈跳。而這如果換作佛教禪宗式的閱讀，那麼它的整體形態可能是這樣的：

閱讀

舌尖上
一粒柚子

這是從禪宗的「言語道斷，心行處滅」的觀念（周慶華，1999a：23～24）推出的。換句話說，禪宗的成佛前提在不動一念，而閱讀在那種情況下勢必是「以不閱讀為閱讀」，以至可以用柚子的沉重穩住而權為喻示一切都靜默了（況且柚子的外形還酷似僧人打坐時的樣子呢）。而不論如何，這種聯想翩翩的寫作向度已經不是自我傳統那一內感外應的審美感興所能比擬的（至於解離寫實的傳統那一部分如果也要開啟這類交互的基進表現，那麼受限於體證問題它的轉超越性將更難成形）；相關的教學要站在那個立場發言，可就得慎重評估了。

為了容易看出這是一個「價值再抉擇」的關卡，不妨再把中西方對愛情的敘寫而體現於詩作裏的狀況帶一些出來比較，以供懸想和借鏡裁奪。而依我的觀察，西方的愛情詩不管表現得如何的「熱情如火」或「困折深重」（南方朔，2001：12～74），它在形式的曲致性上都不乏極盡逞藝的表現。且看下列數則：

我植物般的愛情會不斷生長
比帝國還要遼闊，還要緩慢
……
（陳黎等譯著，2005：93引）

我將愛你，親親，我將愛你
直到中國和非洲相連

……

（Anthory Stevens，2006：193～194引）

我最親愛的小露我愛你
我親愛的心悸的小星我愛你
美妙地彈性胴體我愛你
外陰緊似榛子夾我愛你
左乳如此粉紅如此咄咄逼人我愛你
右乳如此溫情的粉紅我愛你
……

（莫渝，2007：165～166引）

像這類近於崇高或近於悲壯而讓人兩相著魔的情愛表現（被愛戀的人有如此繁複的麗美內蘊或外煥；而寫詩的人也有如此善於想像興感的造美手段），只有西方人為能（周慶華，2007c：255～256）。反觀中國傳統中的人，就只能做到底下這一強忍思長的階段：「蒹葭蒼蒼，白露為霜。所謂伊人，在水一方。溯洄從之，道阻且長。溯游從之，宛在水中央……所謂伊人，在水之涘。溯洄從之，道阻且右。溯游從之，宛在水中沚」（孔穎達等，1982：241～242）、「長相思，長相思。欲把相思說與誰？淺情人不知」（唐圭璋編，1973：255）。這是稟自氣化觀這種世界觀而體現為含蓄宛轉的獨特優美風格的結果，彼此幾乎沒有可以共量的地方（詳見第一章第三節）。而即使演變到現在詩體已經自由化了，別人那一馳騁想像力的本事還是契入無門（因為難以體驗該一文化所蘊涵的信仰精神和實踐動力）。因此，整個詩的寫作取則到底要如何的鎔裁再出發以顯示自我的主體特色，就也得在相關的教學中評比或依違去取或另闢異域了。

六、科際整合與多媒體運用的另類跨領域教學

在不急著把上述的問題強為解決前，其實還有一個當令的科際整合和多媒體運用的另類跨領域教學可以援為同道而有助於詩的寫作教學「變化花樣」或「提升層級」。這是「過程義的教學方法」（而不是「實質義的教學方法」）為了「後出轉精」或「進階發展」不可或缺的兩種途徑（周慶華，2007c：299），對於詩的寫作教學的啟發性應該相當足夠而不妨順便探一探或規畫一下可能的模式。

所謂科際整合的教學，是指語文經驗在傳授（教學）上是透過各種學科整飭合夥（而非單一學科力撐）的手段。這種整合的方式，大體上是晚近為因應生活日益複雜化而盛行的思潮，各個學科多少都努力在尋找跟別的學科交融而開啟本學科研究的新契機（Thomas Munro, 1987；汪信硯，1994）。此外，在某種程度上也是因為強勢的科學技術的刺激所轉劇烈的。科學技術已經建立起來的典範，幾乎無所不侵入社會文化各個領域；而相關的學術研究也開始科學化起來，並且彼此觀摩、吸取成效。這雖然不盡是一面倒的局面（也就是科學技術的研究也無法擺脫社會、人文學科的方法，彼此的交集還相當多），但它的滲透力卻是始終無與倫比。還有科際整合所以能夠成立，最重要的是相跨越的學科之間有一些彼此都具備的條件（如共同的設定、共同的構造、共同的方法和共同的語言等等）；如果不是這樣，那麼即使有再多的理由也難以迫使科際整合的實現（假使執意要那樣做，那麼結果就不能算是科際整合）。在這種情況下，科際整合就是「文本」式的科際整合（而不

是「主題」式的統整，詳後）。它的圖示約略是這樣的：

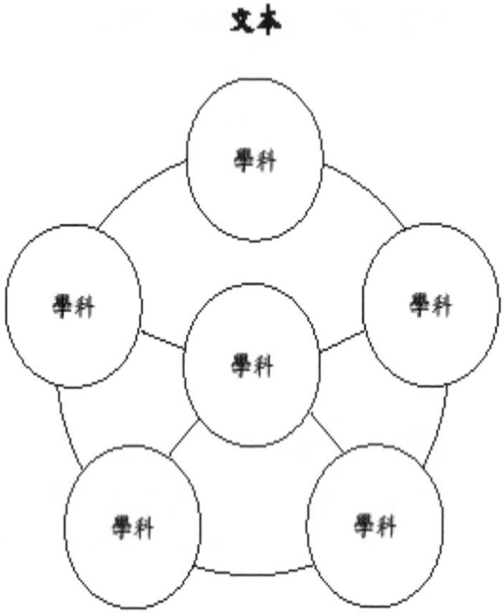

這表明文本是透過各學科的整合賦義後才成就的（各學科之間還會相涉，所以劃線連接）。換句話說，意義未定的文本經由接受者援引各學科的資源來理解它而使它成為作品；從而讓作品的「讀者參與創作」性這一可能的意涵限定（Roland Barthes, 2004）凸顯出來。所謂的科際整合，約略就是依這種新裁的模式而試為實踐完成的（周慶華，2007c：309～316）。倘若要舉例，那麼John Milton的《失樂園》中取材自《聖經・創世紀》中一段「人類的墮落」因緣就很可以藉為

撒旦在樂園狡計得逞，
他變成蛇，引誘夏娃和她的丈夫吃了那致命傷的禁果，
這件事已被天上得知；
……
為她隱瞞；我沒有對她抱怨，
反而被她引誘去吃那禁果，
我真是罪有應得，應受懲罰
（John Milton，1999：491～496）
（文本）

人背叛神／基督教原罪觀念所從出
（宗教學）

神造人卻控制不了人
，是否非「萬能」呢
（哲學）

人的自由意志VS.
神的絕對權威，
毋乃是一悲壯式的演出
（美學）

創造觀型文化內蘊著人會犯罪墮落，所以彼此互不信任
而必須透過法制和民主制度的設計來「防患」
（文化學）

蛇在挑戰權威／
借刀殺人（神）
（社會學）

夏娃敢嘗試新鮮事就是一
種美德；亞當順服且不夠
坦誠兼諉過卸責。
（倫理學）

雖然上面的說解簡略了一點，但對於文本必須在詮釋中才能成就一個可被了解掌握的對象，因為有科際整合的手段運用而更能夠顯出它的精實性，卻可以由這裏得到充分的印證。相關的教學不妨比照著從事，以便提高它的「靈活度」和完成它的「高格化」。而這比起現行制式教育常強調的「統整教學」要有可看性。理由是：那不論是專指「學科統整」還是兼指「多元智能統整」，幾乎都以「主題」為出發點去統整各學科或多元智能（張世忠，2001；王為國，2006）；而主題的提出是從文本中抽離的，它所造成文本的割裂已經「只照隅隙，不見全然」，更別說還有「文本是在詮釋後才有完整性」這一上述所提點的更高見識尚未被慮及了。因此，捨統整教學而就科際整合教學，不啻是特能上道而可以著為一種典範。

至於所謂多媒體的運用教學，是指語文經驗在傳授（教學）上是透過多種媒體聯合運用（而非一種或極少數媒體的演現）的手段。這種多媒體運用的手段，是一種總綰語文經驗的最末一道程序，冀望能夠達到完美的教學效果。它在實際上，早就有許多媒體被發現利用了（如圖表、實物、模型、標本、投影片、幻燈片、錄影帶、電影、電視、廣播、ＣＤ、ＶＣＤ、ＤＶＤ、電子書、網際網路等等，都已經廣被發掘採行）；尤其是新興的電子媒體，更是此中的寵兒。只不過現在還需要有一些相對真切的認知，才能保障整個多媒體運用不致太過偏離航道。基本上，多媒體運用也是身體／權力的另一種媒介；它原有的「分享感受」或「傳遞意義和價值觀」的媒介特性，經過本觀念的轉折，就得稍稍讓位給這一新的媒介向度。而在這個前提下，媒介就不只可以是Marshall McLuhan所說的「就是信息」（Marshall McLuhan， 2006），它更得是「是權力欲望的象徵」（周慶華，2005：194～196）。長期以來，大家都很看重信息（意義）在傳播過程中所扮演的關鍵性角色；不論是線性的、單向的傳播模式觀念，還是互動的、回饋的和解釋的傳播模式觀念（李茂政，1986），都有一「信息」作為中介。但這種「發現」和「定位」本身是把傳播媒體的中介功能一併計算進去，而根本忽略了傳播媒體及其所傳播信息的本體論上的意涵（也就是它們都是身體／權力的延伸）。可見即使傳播媒體仍然保有「技術」、甚至「信息」作用，它也都要被連上身體／權力本體來看待它的終極價值性，才足夠聲稱這是一個深入或稱職的理解（周慶華，2007c：318～320）。而不論如何，多媒體的運用所隱含的權力欲望，依然是語文教學的不對等的發言關係（詳見第三節）範圍內所准予放行的；它的自我節制和善用得宜，對於教學效果還是具有正面的促進作用。而顯然的，多媒體的運用在被認知上就是像下列圖示這樣跟權力結成一體（周慶華，2007c：329）：

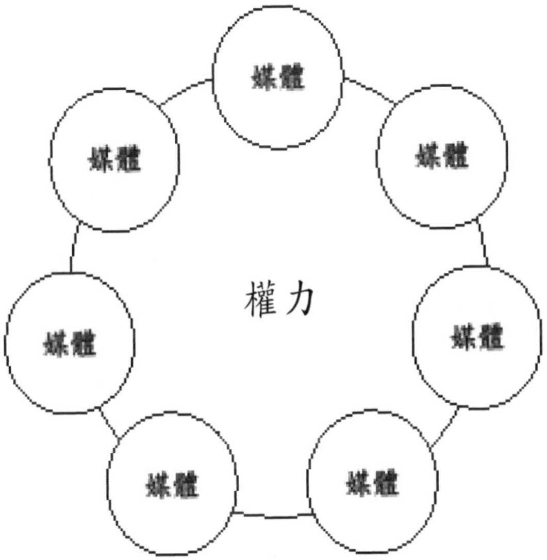

換句話說，多媒體的運用不再有什麼必然性或必要性，它完全隨著權力的轉移而改變向度。因此，這種新趨勢嚴格的說是無法代人規模具體進程的（每一個人都會視需要而自行斟酌採用所能採用的媒體）；而且經過這麼一掀揭，前面所提及的科際整合也都不能不再喚起我們對它深著權力色彩的敏銳的感知了。所謂的多媒體的運用，大抵就是順著上述這一新理路而躍進且略看好前景的（周慶華，2007c：329）。同樣的，在特定的詩的教學方面如果要舉例的話，不妨把開頭所舉W. H. Auden的「詩人和語言結婚，然後生出詩來」那一句涵義豐富的話作為引子或媒介而稍作鋪展：首先，「口頭」講解：「詩人+語言=詩」，既非詩人也非一般語言（不肖父也不肖母；跟中國傳統觀念「不是肖父就是肖母」相異）；這是西方人仿上帝創造觀念的據事體現（相對的中國傳統中人稟持氣化觀而重視血緣傳承，就不大可能別慮及此）。其次，「圖繪」例示：

老外學中文

我很病
我對他不同意
你的問題很重視
我要使平靜別人的痛苦
我的童年是食髓知味長大的
很多朋友沒有秋天斷裂
這裏有很多黨
要見面他

這是從下列一段記載轉出來的：「為美國學生改作文，最常見也最有趣的事情，是常常從他們因為兩種或多種語言糾纏而造成的病句裏，讀出一種天真、稚拙的諧趣，以及不同語言文化之間的錯位和落差所無意造成的幽默感。這樣一類病句是不勝枚舉的⋯⋯」（蘇煒，2006：29～30）。將它重組成詩，則有後現代戲仿／解構中文被裂解或語言延異的意味。再次，「詩人修養」：看到螞蟻在交頭接耳傳遞信息，能夠聯想到給牠們擴音器（模擬情狀）。再次，「詩的特質」：放映有詩作的影片供觀摩，如《郵差》、《偷穿高跟鞋》等。再次，「結婚」過程：如我曾跟暑碩班的沈珠帆戲語多次，可以用單車載她赴新餐會，但到課程快結束了都還沒有機會，靈感一來就將那美好的感覺「代」單車「立言」了：

腳踏車跑走了

珠帆

它盼過一個雨天又一個雨天
載著失望自己蹬去尋找別的情人
你的笑聲已經給它完成了飛翔的夢
明年夏天還會在老地方飄落等你

這看來稀鬆平常（詩的造語也還嫌淺白），卻是醞釀許久的情緒才從中蹦出來，猶如男女得相互付出好感才結合，當中有許多媒介因緣（在上述短詩中，就有「腳踏車」、「餐會氣氛」、「聊天打趣」、「課室機遇」和「詩興」等等）一起促成。而把以上這一模式應驗在課堂上（我就如數的在沈珠帆她們班上的「語文教學方法研究」課中略事演示過），就包括了口說、圖繪、肢體表演、音聲影視和情境互動等多媒體的採擇運用；這應該會比單一媒體的選用要能夠深入人心而大為提升學習者對詩的感知程度。

相較於以同一系統中累增的基進表現和跨系統交互的基進表現為對象所從事的創意跨領域的教學嘗試來說，上面這種科際整合和多媒體運用別為開闢蹊徑就算是另類的跨領域教學；它既能兼涉超越性創新意象，又可以自我顯現「旁牽支繫」的突進光華，對詩的教學技藝的活絡和教學品質的豐厚等都有莫大的助益。換句話說，採科際整合和多媒體運用的教學方式，可以強化學詩者的「立體感」或「臨場感」而展現無可比擬的教學效果；它的另類跨領域教學性，就真的是肆意打破尋常規範而為「基進」（radical）一族的。

七、不是餘韻的餘韻

有關詩的寫作教學在高標要求上所得有的善思本事，前面所示範提供的大致都賅備了，剩下的就是如何再把第一節所點出的不忍自我「文化花果持續飄零和國人開新無方的多端憾恨」這一必要的改善對策予以兌現的餘事問題。這未必有助於國人在世界文壇上揚聲（因為裏頭充斥著西方單一的審美觀，想扭轉它談何容易），卻無慮可以從新贏得自我的尊嚴，值得勉力一試。

我們知道，從二十世紀初以來，在一些追趕西方新潮的國人（如胡適、周作人、康白情、沈尹默、傅斯年、周無、俞平伯、劉半農、陳獨秀、郁達夫、左舜生等）的倡導推動下，語體詩興起且逐漸形成普遍的風氣。它的仿自西方的自由詩體（西方的一些格律詩，如史詩體、亞歷山大體、十四行體等，也被國人仿效過；但成績有限），已經逸離傳統詩的格律；而它的被認為可以隨意發揮的詩思（胡適編選，1990：295、324）也跟傳統詩的內斂性格大相逕庭。雖然如此，國人所走的這條尾隨西方的不歸路，始終無法保證有望超越（而不是老是小人家一號）的成就驅力（周慶華，2004c；2007c），到頭來還是會「空悵一場」！畢竟這當中還有「觀念鴻溝」和「實踐異趨」的根本難題橫梗著，任誰也無力完全加以化解而即時的躍起超前。

由於中西方的文學傳統分別有詩性思維和情志思維在制約（詳見第五節），彼此一傾向外衍一傾向內煥；馴致外衍的恣肆宏闊而有氣勢磅礴的史詩及其流亞戲劇和小說等的賡續發皇，而內煥的精巧洗鍊而有抒情味濃厚的詩歌及其派典詞曲和平話等的另現風華。具體一點的說，詩性思維在早期的表現以直接用來處理人／神衝突而見於史詩和兼攝的戲劇為主調；文藝復興以後，人文主義擡頭（上帝暫時退居幕後），開始改變片面模擬而勤力於仿作以媲美上帝造物的風采，於是有強調情節、布局、人物刻劃和背景渲染等寫實小說的興起以及轉移焦點到關注人和自我性格的衝突或人和社會體制的衝突的近代戲劇的進展。當中越見理性的邏輯結構（包含幾何觀念的運用、語理解析的強化和因果原理的發揮等等），並沒有消滅詩性思維的光芒（也就是它仍然保有大量隱喻、換喻、借喻和諷喻等藝術形式）。爾後現代派的前衛詩和超現實小說或魔幻小說以及荒誕劇等，也不過是把模象轉向造象以為超越傳統的窠臼而已；它的未來感還是夾纏著濃厚的詩性思維在起另類聯想的作用。至於以解構為能事的後現代派的遊戲性的詩／小說／戲劇以及崇尚超鏈結的網路時代的多向性（兼互動性）的詩／小說／戲劇等，也是在同一個文化氛圍裏力求新異的表現罷了；它的虛無化仍舊無法不仰賴詩性思維來作最後的調節或折衝。

反觀情志思維，就沒有前者那樣衍化出波瀾壯闊的文學場景，它僅以有情志才鋪藻成篇（雖然有時也不免要為文造情一番，在先天上就不是詩性思維式的可以「聯想翩翩」或「窮為想像」。因此，相關的藝術形式就會約束在一個「為情造文」的高度自制的有限的美感範疇裏。中國傳統所見的這種情志思維，從詩經以下到楚辭、樂府詩、古體詩、近體詩、詞、曲等等，都緊相體現著（差別只在形式、格律等外觀上的前後稍事變化罷了）；而受佛教講唱文學影響且結合詞曲而摶成的雜劇／傳奇以及承繼古來說書藝術而更精銳發展的平話／小說等，也無不深為蘊涵。即使是較後出且紛紛為憤激或為勸懲或為諷刺而作的長篇章回小說，也仍然不脫抒情的範疇。而這一抒情，在內煥的過程中，不論是為用世的還是為捨世的〔前者是儒家式的；後者是道家式的（在後來有局部為佛教所收編）〕，它都難免要有一個「精雕細琢」洗鍊相關思維脫俗的程序；以至所見品類日增細碎而情采更加粲備，直如氣脈流注，響應不絕。而不了解當中「情繫人心」至關重要情志思維的內煥性的人，自然就會以詩性思維的外衍構事作風來衡量而所論盡「不得其平」（詳見第二章第三、四節）。

這幾乎可以說是兩個難以共量的文學世界；除非各自背後的信仰和世界觀相互置換了，不然就永遠沒有根本上融通的可能。而說實在的，國人到今天也都還沒能契入西方人那一無止盡馳騁想像力的藝術國度（同樣的西方人也一直礙難理解中國人宛轉情感的審美天地），卻仍然執意要「唯對方馬首是瞻」；以至難免誤蹈仿效不得精髓而盡遭人漠視的末路（倒是我們傳統那些獨此一家的精緻的詩詞歌賦，別人還會敬仰幾分）！

如果說詩的這種代表文學所有的「實踐理性」（Hans-Georg Gadamer，2007）或「本體真理性」（牟宗三，1987）都得為人所深具（才能成就一個人的完整性）且容許各自所形塑的美感特徵分轡異趨的話，那麼這從二十世紀初以來被西方人有意無意強為凌駕的不合理的創意殖民現象，我們就得痛切的反省以便掙脫牢籠。這麼一來，從新的「奮起之道」，可能就在把古今中外所實踐過的詩體都召喚來依所需有機的匯製成殊異的文本，或者一空依傍的別為造出嶄新的體裁（詳見後章）。這雖然目前還無法規模具體的方向，但只要有心，離可以自鑄偉貌而贏得尊嚴的境地就又近了一步。而一旦有了這個識見及其踐行願力，在相關的詩的教學中就會產生徹底「創意跨領域」的新焦點效應；而所有可用的獲取詩的經驗的方法和安排教學活動的方法（周慶華，2007c），理所當然的也都會（要）齊聚來共襄盛舉，以成就一個特別足夠經典性的思考模式。

第十二章　未來超新詩銅像國的寫作

一、基進創新的過去現在與未來

新詩從接上西方自由詩開始，就逐漸走上了仿效人家馳騁想像力的道路。這雖然怎麼看都小人家一號（周慶華，2008a：145～174），但畢竟已經上路了，想回頭也沒那麼簡單。因此，繼續走下去且一邊找尋新變的途徑，也就成了今後唯一的選擇（否則就該斷然重返自我傳統的寫作方式；而這就目前的局勢來看，恐怕難度更高）。

如果順著自由詩的表現一路來說，「想像」始終是它最為獨特的地方。所謂「浪漫詩人稱頌想像力為一種洞視世界的媒介，以及詩的寫作的制衡力量。柯立芝認為想像力是『形式的精神所在』：

一首詩的統一性來自詩裏洋溢的想像視景，而非光遵循一切外在成規所產生的。一首詩不像一部按藍圖設計出來的機器，而是一個有生命的結構，因本身所固有的重要原則所構成。想像力在本質上說，是一種活動力，能制限它所涵蓋的事物。渥滋華茨以同樣的精神說應當給予事物『某種想像力的色彩』。浪漫詩人的想像力理論促成了對於嚴謹成規（諸如已衰落的新古典主義以及任何狹義的自然主義或寫實主義）的不信任態度。一首詩是一個自成自律的創作，詩裏的世界即使跟現實世界有所關連，也必有區別」（R. V. Johnson，1980：32～33），這不僅在前現代派的浪漫主義時期如此，連更早的古典主義和寫實主義時期也是如此（這只要看看荷馬的史詩《伊利亞特》《奧德賽》、但丁的《神曲》和彌爾頓的《失樂園》等描寫天上人間及其歷險爭鬥情節的高度揣摩狀況，就可以知道它的樣子）、甚至演變到現代派／後現代派／數位派等一樣沒有減低絲毫。換句話說，倘若少了想像，那麼一切的自由幻變和新啟通路等都會難以「克盡其功」。

相對上，氣化觀型文化傳統但以內感外應見長，想像力不容易醞釀，也少有發揮的機會，以至迄今在仿效人家的詩作上依然難以企及。至於緣起觀型文化傳統既然以逆緣起解脫為宗旨，自然也不會窮於發展想像力（但因為它的文化背景有部分貌似於創造觀型文化，所以輾轉造就了不少詩偈也可見另類的聯想翩翩）。它們的更深因緣（換個面向看待），乃在於創造觀型文化有兩個世界可以讓人遙想和揣測，而另二系文化則相對匱乏。如下圖所示（周慶華，2008c106～108）：

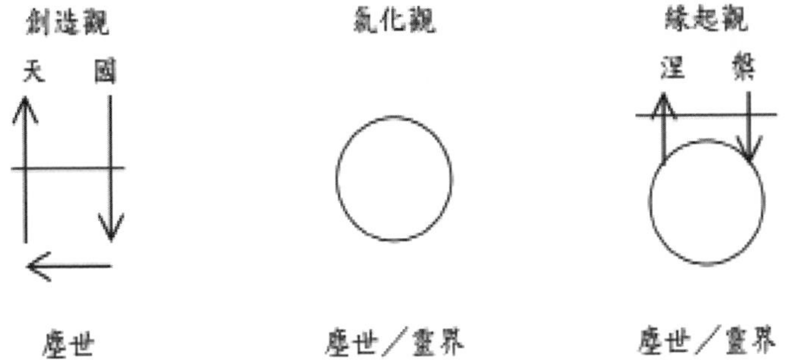

當中緣起觀型文化所預設的涅槃（佛）境界，只是解脫後的狀態（也就是生死俱泯），迥異於創造觀型文化所預設的天國的實有。只不過該境界的趨入不易，仍有可以臆測的空間，所以它的筌蹄式的詩偈還是有某種程度的想像力的發揮。唯獨氣化觀型文化受限於氣化一體的世界觀，儘往高度凝鍊修飾用語上致力，至今依舊跨域不易成功。既然這樣，新詩的指望，就得再細加商量。

我們知道，想像是創新事物的根本，而創造觀型文化中人就那樣因緣際會的佔有了該一權利。所謂「人類受造的目的，是為了創造；唯有創造，人類才能以榮耀回報造物主」（Benoît Vermander，2006：15），這說的是事實，但不是全人類；只有有受造意識的人才會這樣衝刺。因此，同樣要講究創新的新詩，在這個環節上理所當然的得再運用想像力創新下去。問題是這在西方人不必言宣，就會有人繼起勉為突破（難保將來不會出現更新潮的作品），而我們？難道要等別人創新實現後再拾人唾餘而仿效一番嗎？恐怕這已經不叫做希望，而是再度墮落的徵候！

過去中國傳統原有系統內的基進求變的觀念。所謂「夫設文之體有常，變文之數無方，何以明其然耶？凡詩賦書記，名理相因，此有常之體也；文詞氣力，通變則久，此無方之數也。名理有常，體必資於故實；通變無方，數必酌於新聲。故能騁無窮之路，飲不竭之源。然綆短者銜渴，足疲者輟途，非文理之數盡，乃通變之術疏耳」（劉勰，1998：3118）、「夫文學不能立古人之前，猶之人類不能出社會之外。然而改革社會，豪傑之所能為；則變化古人，亦文學家之有事乎！變化如何？曰：仍其義，變其例；仍其例，變其義」（郭紹虞等主編，1982：514）和「蓋文體通行既久，染指遂多，自成習套。豪傑之士亦難於其中自出新意，故遁而作他體以自解脫。一切文體，所以始盛終衰者，皆由於此」（王國維，1981：25）等等，都道出了歷史上文人的心聲；而實際上古來的詩詞歌賦等文體也不斷在小幅度更動向前推衍（光是詩，就有各種古體詩和近體詩等詩體代變的情況），但這一切都無從跟新詩的全面性解放相比。判分兩橛而不再相涉的結果，就是如今這樣「中不中，西不西」的局面（也就是傳統詩沒得著延續，而西方自由詩又僅是半吊子或影附，兩相落空）。那麼把傳統詩從新召喚回來，又會是什麼樣子？

前面在規模後現代詩的前景時，曾以「在詩文本方面，不妨嵌入各種文體以為解構詩文本的『集大成』來顯示它的新基進性」和「在寫作方面，唯一可以展現新意的，就是『完全開放』讓讀者參與書寫」相期（詳見第五章第五節），這倘若只是順著既有的後現代觀念續為衍變加料，固然也可以展現對比義的異采；但倘若能夠把中國傳統的詩觀也納進來冀其融合醱酵，那麼豈不是更有展望空間？一般所說的基進，是一種空間和時間中的關係，是一種特殊的相對關係。它在被運用時，有衝破一切藩籬的效力和不拘格套的自主性。如呈現在空間關係上，它就反對一切傳統霸權式的空間佔領策略（由侷限在山頭的堡壘逐漸蠶食鯨吞到控制廣幅空間流動的一方霸主）；而呈現在時間關係上，它也反對一切傳統霸權式的時間佔領策略（一方面它透過歷史的造廟運動不斷地塑造悠久連續的歷史傳統；一方面它以負責的社會工程師自居不斷地預言未來秩序，建構未來的新社會）（傅大為，1991：代序4）。而這透過跨域基進，更能顯現它「衝撞體制」的靈活性。因此，中國傳統詩的題材、形式和技巧等，都可以為往後新詩寫作的基進表現所用。這還難有前例可尋，試了就會知道。

二、超鏈結的過去現在與未來

網路時代數位化的超鏈結作品，基本上是後現代的餘威所帶動促成的；它的多媒體、多向文本、即時性和互動性等特徵，幾乎把後現代所無由全面出盡的解構動力徹底的展現出來了。尤其是多向文本，不啻真正落實了文本是一個無始無終的建構過程的後現代宣言。所謂「多向文本要求一個主動積極的讀者，多向文本泯滅了作者和讀者之間的區別。多向文本是流動的、多樣的、變化的，它既不固定又不單一。多向文本無始無終、無中心、無邊緣、無內外。它又是多中心、無限中心、無限大。多向文本是網狀式的文本，無垠、無涯，是合作式的文本，是沒有那大寫作者的文本，是人人都是作者的文本」（鄭明萱，1997：59），正說明了它永遠處在建構中（而不是可以建構完了）的特性。而這在其他藝術的數位創作上也不遑多讓（不只是上面引文所提及的偏在文學方面而已），終於形成了一個可以歸結為多向／互動等兩類審美特徵領銜獨闖新時代的最新景觀（周慶華，2009a：285～286）。

倘若要再深入一點追究此一超鏈結風氣所以會這般風起雲湧的緣故，那麼它的前沿後現代主義的衰頹變形就是當中的一大關鍵。

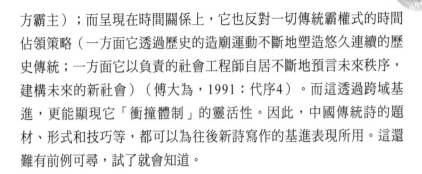

也就是說，過去在平面媒體上寫作所能造成的解構效果還是有限，現在在電腦上寫作可以透過超鏈結達到超解構或多重解構的境地；而這種新文學觀的營造成功（這時再也無法以先前任何一種文學觀來理解這種文學作品），完全是拜網際網路的出現所賜，它的快速且持久的普遍化將比過去的純書寫時代更難逆料結果（周慶華，2009a：287～289）。

換個角度看，超鏈結既然是在徹底實踐後現代所無由全面出盡的解構動力，那麼它的意符／文本延異姿態也就更沒有規律可以框限。換句話說，這比我們可以想像設定的補充匱乏的解構觀念要多一重實質網絡。原來在紙面上的寫作所要表達特定意義的顯在假設，經過德希達的批判後，它開始在文本內外隱在的漂流；但這種漂流畢竟只能存在於所設定的想像情境裏，而跟超鏈結就實際「做給你看」還是有一大段距離（周慶華，2009a：289）。

但話說回來，超鏈結也不盡是當今電腦科技興盛後才給機會踐履的。自古以來所見的注疏、題畫、歌舞、外交賦詩和說書等等，也都多少有點超鏈結的跡象（周慶華，2017a：31～35），差別只在它們的意符／文本延異性不及當今的超鏈結在網路上的表現那樣可以無所止限罷了。還有在後現代派的小說裏，也常可見一些別出心裁的超鏈結作法。所謂「二十一世紀的小說讀者，即使經過米洛拉德．帕維奇《哈札爾辭典》，以字典辭條注釋形式寫成的小說；馬丁．艾米斯《時間之箭》，以錄影帶倒帶逆轉形式從棺木寫到子宮的小說；馬克．薩波塔《第一號創作》，一百五十張撲克牌構成隨機取樣不裝訂的小說；以塔羅．卡爾維諾《如果冬夜，一個旅人》，印製廠裝訂錯誤造成許多不相干短篇組成的長篇小說；亞瑟．伯格《一個後現代主義者的謀殺》，藉用謀殺探索外殼其實四處夾帶文藝理論的小說；唐納德．巴塞爾姆《白雪公主》，安排是非題、選擇題、簡答題考試卷的反童話小說……依然對弗拉基米爾．納博科夫《幽冥的火》充滿新鮮好奇」（Vladimir Nabokov，2006：莊裕安導讀7）、「《幽冥的火》……不但把所有的文體一網打盡，包括詩（長詩／短詩）、小說、評論／注解、戲劇（當中有幾段還是用劇本的形式寫成的）和索引，探討的主題更涵蓋人生、孤獨、性、死亡、愛情、友誼、權力、政治、語言、宗教、道德、罪惡、心理分析、文學評論、翻譯、學術研究、藝術創作等。這部小說就像一個黑洞，深邃而偉大，把所有的文體和主題都吸了進去，成為二十世紀小說史的一個奇觀」（Vladimir Nabokov，2006：譯後記359）等等，所舉諸書就是當中顯著的例子。但這同樣也難以比擬在網路上實踐的超鏈結那樣格局開闊。以至把焦點擺在當今的超鏈結形態的創發及其可能隱藏的新問題，也就有「識時務者為俊傑」的時代意義（周慶華，2009a：289～290）。

當中數位化的超鏈結詩成就特別可觀（詳見第六章），而它實際上也已經超越過往在「二度空間」或「三度空間」或「四度空間」所進行的超鏈結；它的深入無窮盡的網路空間延異姿采和互動生產性等超鏈結情況，既是空前的，恐怕也會是絕後的。雖然如此，它的新自由化、人際傳播化和互動／遊戲化等狀況所隱含的盲目跟進、理想斷滅和進退兩難等問題（後遺症）已逐漸曝露出來了。換句話說，文學的前景如果全靠電腦／網路這種新的傳播媒體在作保證，那麼只要該媒體無以為繼或失去效用，一切就會化為烏有。

此外，詩在超鏈結的多向文本和互動性的演出中，卻不得不失落了它的可以指稱的詩性（也就是一旦起動超鏈結和制動的機制，詩性就從延異裏消失了）。這樣還要稱它為（數位）「詩」，豈不是極大的弔詭？因此，在詩的觀念尚未獲得實際的推翻前（一般談論超鏈結的人，只涉及形式／技巧一類屬於第二級序的問題，對於意象、情意等詩的本真如何還保有的屬於第一級序的問題幾乎都無暇兼顧），詩寫作的超鏈結就看不出有什麼值得期待它繼續存在／發展的地方（周慶華，2009a：292～305）。

那麼要翻新詩的觀念又怎麼可能？這似乎只有採取走險路的辦法，才可望一舉突破既定的規範。也就是說，現有的多向文本的鏈結網是封閉式或半封閉式的而不是可以有的開放式的。這種所可以高期待的開放式的鏈結網，除了要保留一點基本的詩的藝術存有性（不然就得連詩也一併取消），其餘都得開放給可能的無限的文本構連和讀者的互動。這樣所成就的，就不再是「數位化的詩」（先前相關的稱呼，都不出這個意涵），而是道道地地的「數位詩」。而在這種情況下，回歸到文學和科技的衝突問題上來，在不考慮資源的「節約利用」和文化的「永續經營」的前提下，也只好任憑詩的基進創新而邊走邊看時效；否則就得當機立斷停止前進而重返紙本的寫作另尋出路（周慶華，2009a：305～306）。

三、資訊詩化的發展方向

未來新詩寫作的展望到基進創新和超鏈結等（詳見前兩節），照理已經難以復加了。如果還有餘絮可說，那麼大概就屬一切都可以「資訊化」了的社會新詩的自我伺機而動的問題。

我們知道，新詩所隸屬更大系統的文學（雖然文學是以詩為代表），是一個多重存有的存在體（也就是它以「思想情感」為源頭是心理存有；所敘事或抒情的對象「人事物」是社會存有；而以比喻、象徵等手法來綰合題材和表達該思想情感是藝術存有，合而形成一個可以後設經驗的存在體）（周慶華，2004a：94～98）；而這約可稍微予以細緻化且以圖／表陳列方式來看它本身的複雜度及其內在的牽連關涉性：

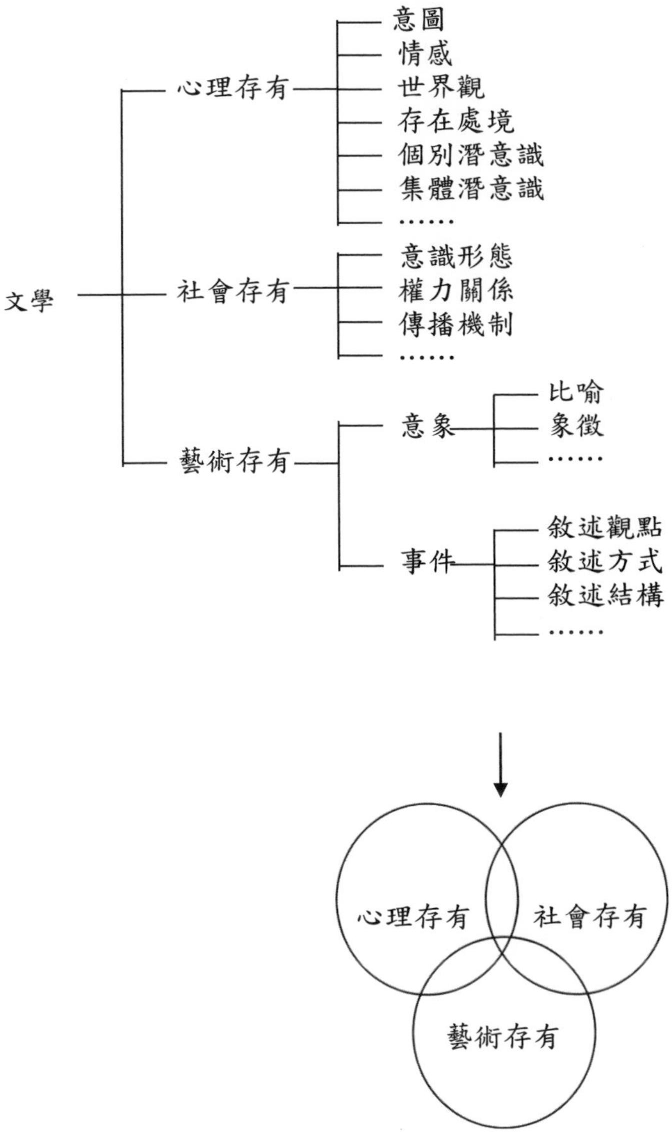

圖中交集的部分，是文學各成分的「理論可分而實際不可分」處，它由語言結構體統轄而依賦義面向不同姑且加以區分，彼此都在一個語言結構體裏相互牽繫。而這如果要在現代環境進行轉換而改以其他媒體呈現，那麼它的文學性就會開始起變化。好比將文學作品改編成電影／電視劇後，因受制於該媒體的「資訊化」、「圖像化」、「有時間性」、「演員代言」、「快節奏」、「特寫鏡頭」、「布景或外景多」等特性，觀眾無法像閱讀文學作品那樣去玩味並「填補空白，參與寫作」，以至不免大為減低文學性。而在這種情況下，有關文學的「未來見奇」的期望視野伸展，就會出現我曾說過的新的挑戰：

從資訊被框限具有「一定的內容」、「要藉助載體」、「是動態傳遞的」、「可利用的」和「為未來服務的」等特徵來看，它的不得不講究「精確性」和「易懂性」（避免歧義以方便於傳播和接受），跟文學一向所專擅的「模糊性」和「難解性」（刻意製造歧義以方便於玩味審美）明顯大不相同。在這種情況下，文學被「強迫」和資訊結合（將文學資訊化而成為可以立即傳播和接受的對象）就會有些不協調：首先，從接受的角度看，原來人在面對文學透過意象或事件來比喻／象徵思想情感時，經常要去填補許多空白、參與創作；而參與創作本身自然就會有心智上的成長。但人在面對毋須重組也不必強解的資訊時，只要被動接受就行了；最後個個都變成不會思考的動物。其次，從本體論的角度看，資訊的生產是為了給人「消費」的（包括電影、電視和廣播等所提供的資訊在內）；而文學的生產除了給人「消費」，還可以帶動「生產」（接受者參與創作及再轉實際別為創作），彼此的功能有廣狹的差異。而根據上述，文學資訊化就難有「遠

> 景」可以期待。換句話說，文學資訊化是在為文學「降格」（一邊淺易化，一邊弱化創造力），基本上不能作為文學的前途所繫。如果要有遠景可以期待，那麼就得將「文學資訊化」轉成「資訊文學化」。所謂「資訊文學化」，是指先守住「文學」的優質審美性，然後結合興起於西方的人文學科／社會學科／自然學科等各領域的資訊來豐富文學的形式和意義。（周慶華，2007a：293～294）

這是針對當前一切都要資訊化所被強調的「資訊是知識」、「語言、符號是資訊存在的形式」、「資訊是動態性的」、「資訊是具有利用價值的知識」和「資訊的反饋性質」等特徵（王治河主編，2004：673）而說的；裏頭隱含的「尋找文學出路」的焦慮，不啻是新一波的文學寫作所得面對的真實的處境（周慶華，2008a：1～5）。這既是「資訊文學化」的方向，也是「資訊詩化」的方向，二者一體成形而展開跟基進創新和超鏈結等若即若離的協同互進的旅程。

所謂超新詩銅像國的寫作，主要就是以此一資訊文學化／資訊詩化的新觀念為前導，將現存各文化系統所可採集的資訊匯合來創製新體（比上引我曾說過的結合各學科還要廣泛），從而凸顯自我強項以及有別於但崇尚己方文化的西方人所創那些詩體，以完滿新一波新詩寫作的意義欲求。而這在我已經試驗有成的案例（周慶華，2008c；2009b；2010b；2012；2017b），大家也不妨參看，繼續相勉而冀以能共臻勝境。

★參考文獻

◎丁旭輝（2000），《臺灣現代詩圖象技巧研究》，高雄：春暉。

◎七等生（2003），《我愛黑眼珠》，臺北：遠景。

◎于堅（1999），《大陸先鋒詩叢7：一枚穿過天空的釘子》，臺北：唐山。

◎方平等譯（2000），《新莎士比亞全集第十二卷．詩歌》，臺北：貓頭鷹。

◎王潮選編（1996），《後現代主義的突破──外國後現代主義理論》，蘭州：敦煌文藝。

◎王一川（1998），《中國形象詩學》，上海：三聯。

◎王岳川（1993），《後現代主義文化研究》，臺北：淑馨。

◎王治河主編（2004），《後現代主義辭典》，北京：中央編譯。

◎王為國（2006），《多元智能教育理論與實務》，臺北：淑馨。

◎王國維（1981），《人間詞話》，臺南：大夏。

◎王晴佳等（2000），《後現代與歷史學：中西比較》，臺北：巨流

◎王福祥（1994），《話語語言學概論》，北京：外語教學。

◎王夢鷗（1976），《文學概論》，臺北：藝文。

◎孔繁（1987），《魏晉玄學與文學》，北京：中國社會科學。

◎孔穎達等（1982），《毛詩正義》，十三經注疏本，臺北：藝文。

◎文訊雜誌社主編（1996），《臺灣現代詩史論》，臺北：文訊雜誌社。

◎中國青年寫作協會編（1997），《林燿德與新世代作家文學論——悼念一顆耀眼文學之星的殞落》，臺北：行政院文化建設委員會。

◎白靈主編（2003），《中國新文學大系（貳）：詩卷（一）》，臺北：九歌。

◎白居易（1965)，《白香山集五》，臺北：臺灣商務。

◎白秀雄（1995），《現代社會學》，臺北：五南。

◎石之瑜（1997），《後現代國家的認同》，臺北：世界。

◎司馬遷（1979），《史記》，臺北：鼎文。

◎古添洪等編著（1976），《比較文學的墾拓在臺灣》，臺北：東大。

◎古添洪（1984），《記號詩學》，臺北：東大。

◎向明主編（2006），《暧．情詩：情趣小詩選》，臺北：聯經。

◎向陽（2001），《日與月相推》，臺北：聯合文學。

◎朱自清編選（1990），《中國新文學大系．詩集》，臺北：業強。

◎朱光潛（1982），《詩論新編》，臺北：洪範。

◎牟宗三（1987），《中國哲學的特質》，臺北：學生。

◎李一（1994），《走向何處——後現代主義與當代繪畫》，北京：中國社會。

◎李石(1986)，《方舟集》，四庫全書本(第1149冊)，臺北：臺灣商務。

◎李元洛（1990），《詩美學》，臺北：東大。

◎李岫等主編（2001），《二十世紀中外文學交流史》，石家莊：河北教育。

◎李善等（1979），《增補六臣注文選》，臺北：華正。

◎李永熾（1993），《世紀末的思想與社會》，臺北：萬象。

◎李英明（2000），《網路社會學》，臺北：揚智。

◎李茂政（1986），《大眾傳播新論》，臺北：三民。

◎李達三等主編（1990），《中外比較文學研究》，臺北：學生。

◎李瑞騰（2000），〈臺灣新世代詩人及其詩觀〉，中央大學中文系現代文學教研室等主辦「新世代詩人會談」論文。

◎沈奇編（1996），《詩是什麼：20世紀中國詩人如是說》，臺北：爾雅。

◎沈清松（1986），《解除世界魔咒──科技對文化的衝擊與展望》，臺北：時報。

◎杜十三（1997），〈論詩的「再創作」──兼談「新現代詩」的可能性〉，於《創世紀》第111期（87～101），臺北。

◎杜松柏（1980），《禪與詩》，臺北：弘道。

◎杜松柏選注（1981），《禪詩三百首》，臺北：黎明。

◎余光中（2007），《蓮的聯想》，臺北：九歌。

◎余成教（1983），《石園詩話》，清詩話續編本，臺北：木鐸。

◎呂正惠主編（1991），《文學的後設思考──當代文學理論家》，臺北：正中。

◎呂清夫（1996），《後現代造形思考》，臺北：傑出。

◎何金蘭（1989），《文學社會學》，臺北：桂冠。

◎何權峰（2004），《都是你的錯》，臺北：高實。

◎汪信硯（1994），《科學美學》，臺北：淑馨。

◎河清（1994），《現代與後現代──西方藝術文化小史》，香港：三聯。

◎孟樊（1989），《後現代併發症──當代臺灣社會文化批判》，臺北：桂冠。

◎孟樊等編（1990），《世紀末偏航──八〇年代臺灣文學論》，臺北：時報。

◎孟樊（1995），《當代臺灣新詩理論》，臺北：揚智。

◎孟樊等主編（1997），《後現代學科與理論》，臺北：生智。

◎孟樊（2003），《臺灣後現代詩的理論與實際》，臺北：揚智。

◎林水福等（1999），《中外文學交流》，臺北：臺灣書店。

◎林淇瀁（2001），《書寫與拼圖──臺灣文學傳播現象研究》，臺北：麥田。

◎林燿德（1988），《都市終端機》，臺北：書林。

◎林燿德主編（1993），《當代臺灣文學評論大系．文學現象卷》，臺北：中正。

◎武長德（1984），《科學哲學──科學的根源》，臺北：五南。

◎周英雄等編（2000），《書寫臺灣：文學史、後殖民與後現代》，臺北：麥田。

◎周啟志等（1992），《中國通俗小說理論綱要》，臺北：文津。

◎周策縱（2000），《紅樓夢案──棄園紅學論文集》，香港：中文大學。

◎周夢蝶（1987），《還魂草》，臺北：領導。

◎周慶華（1994），《秩序的探索——當代文學論述的省察》，臺北：東大。

◎周慶華（1996），《臺灣當代文學理論》，臺北：揚智。

◎周慶華（1997a），《臺灣文學與「臺灣文學」》，臺北：生智。

◎周慶華（1997b），《語言文化學》，臺北：生智

◎周慶華（1997c），《佛學新視野》，臺北：東大。

◎周慶華（1999a），《佛教與文學的系譜》，臺北：里仁。

◎周慶華（1999b），《新時代的宗教》，臺北：揚智

◎周慶華（2000a），《文苑馳走》，臺北：文史哲。

◎周慶華（2000b），《中國符號學》，臺北：揚智。

◎周慶華（2001a），《後宗教學》，臺北：五南。

◎周慶華（2001b），《作文指導》，臺北：五南。

◎周慶華（2002），《故事學》，臺北：五南。

◎周慶華（2003），《閱讀社會學》，臺北：揚智。

◎周慶華（2004a），《文學理論》，臺北：五南。

◎周慶華（2004b），《創造性寫作教學》，臺北：萬卷樓。

◎周慶華（2004c），《後臺灣文學》，臺北：秀威。

◎周慶華（2005），《身體權力學》，臺北：弘智。

◎周慶華（2006），《語用符號學》，臺北：唐山。

◎周慶華（2007a），《紅樓搖夢》，臺北：里仁。

◎周慶華（2007b），《走訪哲學後花園》，臺北：三民。

◎周慶華（2007c），《語文教學方法》，臺北：里仁。

◎周慶華（2007d），《我沒有話要說——給成人看的童詩》，臺北：秀威。

◎周慶華（2008a），《從通識教育到語文教育》，臺北：秀威。

◎周慶華（2008b），《轉傳統為開新──另眼看待漢文化》，臺北：秀威。

◎周慶華（2008c），《剪出一段旅程》，臺北：秀威。

◎周慶華等（2009），《新詩寫作》，臺北：秀威。

◎周慶華（2009a），《文學詮釋學》，臺北：里仁。

◎周慶華（2009b），《新福爾摩沙組詩》，臺北：秀威。

◎周慶華（2010a），《反全球化的新語境》，臺北：秀威。

◎周慶華（2010b），《銀色小調》，臺北：秀威。

◎周慶華（2011a），《語文符號學》，上海：東方。

◎周慶華（2011b），《華語文教學方法論》，臺北：新學林。

◎周慶華（2012），《意象跟你去遨遊》，臺北：秀威。

◎周慶華（2016），《文學經理學》，臺北：五南。

◎周慶華（2017a），《文學動起來──一個應時文創的新藍圖》，臺北：秀威。

◎周慶華（2017b），《詩後三千年》，臺北：秀威。

◎金耀基（1997），《從傳統到現代》，臺北：時報。

◎洛夫等編（1989），《大陸當代詩選》，臺北：爾雅。

◎洛夫（1991），《因為風的緣故》，臺北：九歌。

◎苦苓（1991），《苦苓的政治詩》，臺北：書林。

◎馬森（2002），《臺灣戲劇──從現代到後現代》，宜蘭：佛光人文社會學院。

◎姚一葦（1994），《戲劇原理》，臺北：書林。

◎俞汝捷（1991），《幻想和寄託的國度──志怪傳奇新論》，臺北：淑馨。

◎南方朔（2001），《給自己一首詩》，臺北：大田。

◎南方朔（2005），《回到詩》，臺北：大田。

◎姜其煌（2005），《歐美紅學》，鄭州：大象。

◎胡適編選（1990），《中國新文學大系．理論建設集》，臺北：業強。

◎胡士瑩（1983），《話本小說概論》，臺北：丹青。

◎胡壯麟（2004），《認知隱喻學》，北京：北京大學。

◎柳鳴九主編（1990），《未來主義．超現實主義．魔幻寫實主義》，臺北：淑馨。

◎柯景騰（2003），〈網路小說創作之內在動力與連載文化〉，於《當代》第192期（28）。

◎夏宇（1986），《備忘錄》，臺北：作者自印。

◎徐訏（1991），《現代中國文學過眼錄》，臺北：時報。

◎徐志摩（1969），《徐志摩全集（第二集）》，臺北：傳記文學。

◎徐志嘯（2000），《中外文學比較》，臺北：文津。

◎奚密（1998），《現當代詩文錄》，臺北：聯合文學。

◎孫治本（2003），〈虛擬空間的低虛擬性——輕、清、淡的網路文學〉，於《當代》第192期（38）。

◎孫昌武（1994），《詩與禪》，臺北：東大。

◎高友工（2004），《中國美典與文學研究論集》，臺北：臺灣大學。

◎高辛勇（1987），《形名學與敘事理論——結構主義的小說分析法》，臺北：聯經。

◎高宣揚（1999），《後現代論》，臺北：五南。

◎唐圭璋編（1973），《全宋詞》，臺北：文光。

◎張法（2004），《美學導論》，臺北：五南。

◎張健（1985），《敲門的月光》，臺北：文史哲。

◎張錯（2005），《西洋文學術語手冊》，臺北：書林。

◎張默主編（1989），《中華現代文學大系．詩卷壹》，臺北：九歌。

◎張默等編（1995），《新詩三百首》，臺北：九歌。

◎張默編（2007），《小詩，牀頭書》，臺北：爾雅。

◎張灝（1989），《幽暗意識與民主傳統》，臺北：聯經。

◎張世忠（2001），《教學原理——統整與應用》，臺北：五南。

◎張忠江選（1971），《世界情詩選》，臺北：世界文物。

◎張文軍（1998），《後現代教育》，臺北：揚智。

◎張政偉（2013），《網路/數位文學論》，花蓮：慈濟大學。

◎張國治（1989），〈跨向1990年——觀測詩壇新生代趨勢現象的沈思〉，於《新陸現代詩誌》第6期（45）。

◎張國治（1990），〈從文化生態看臺灣現代詩的發展〉，於《新陸現代詩誌》第7期（114）。

◎張漢良編（1988），《七十六年詩選》，臺北：爾雅。

◎商禽（1969），《夢或者黎明》，臺北：十月。

◎莫渝（2007），《波光瀲灩——20世紀法國文學》，臺北：秀威。

◎陳香選注（1989），《禪詩六百首》，臺北：國家。

◎陳黎等譯著（2000），《世界情詩100首》，臺北：九歌。

◎陳黎（2001），《陳黎詩選——一九七四～二〇〇〇》，臺北：九歌。

◎陳黎等譯著（2005），《致羞怯的情人：400年英語情詩名作選》，臺北：九歌。

◎陳平原（1990），《中國小說敘事模式的轉變》，臺北：久大。

◎陳世驤（1975），《陳世驤文存》，臺北：志文。

◎陳宛茜（2003.8.11），〈杜十三在e書房藏書寫詩〉，於《聯合報》A12版。

◎陳義芝主編（1998），《臺灣現代小說史綜論》，臺北：聯經。

◎陳義芝主編．賞讀（2006），《為了測量愛：當代情詩選》，臺北：聯合文學。

◎陸蓉之（1990），《後現代的藝術現象》，臺北：藝術家。

◎郭茂倩編撰（1984），《樂府詩集》，臺北：里仁。

◎郭紹虞（1982），《中國文學批評史》，臺北：文史哲。

◎郭紹虞等主編（1982），《中國近代文學論著精選》，臺北：華正。

◎郭慶藩（1978），《莊子集釋》，新編諸子集成本，臺北：世界。

◎馮錫瑋（1995），《中國現代文學比較研究》，上海：上海社會科學。

◎清聖祖敕編（1974），《全唐詩》，臺南：平平。

◎曹順慶等（2003），《比較文學論》，臺北：揚智。

◎曹萬生（2003），《現代派詩學與中西詩學》，北京：人民。

◎梁啟超等（1981），《中國文學的特質》，臺北：莊嚴。

◎荻原朔太郎著，徐復觀譯（1989），《詩的原理》，臺北：學生。

◎國立臺灣師大國文系編（2000），《解嚴以來臺灣文學國際學術研討會論文集》，臺北：萬卷樓。

◎焦桐（1998），《臺灣文學的街頭運動（1977～世紀末）》，臺北：時報。

◎焦金堂選輯（1981），《一日一禪詩》，臺北：考古。

◎黃凡等主編（1989），《新世代小說大系》，臺北：希代。

◎黃乃熒主編（2007），《後現代思潮與教育發展》，臺北：心理。

◎黃瑞祺主編（2003a），《現代性．後現代性．全球化》，臺北：左岸。

◎黃瑞祺主編（2003b），《後學新論：後現代／後結構／後殖民》，臺北：左岸。

◎黃進興（2006），《後現代主義與史學研究》，臺北：三民。

◎黃慶萱（2004），《修辭學》，臺北：三民。

◎傅大為（1991），《知識與權力的空間──對文化、學術、教育的基進反省》，臺北：桂冠。

◎須文蔚（2003a），《臺灣數位文學論》，臺北：二魚。

◎須文蔚（2003b），〈雅俗競逐契機的網路文學環境──簡論網路文學的產銷與傳播形態〉，於《當代》第192期（10、11、22）。

◎曾祖蔭（1987），《中國古代美學範疇》，臺北：丹青。

◎曾肅良（1994），《冥想手札》，臺北：詩之華。

◎統一夢公園編輯小組企畫（2003），《愛情二十四節氣》，臺南：統一夢公園。

◎楊平（1995），《永遠的圖騰》，臺北：詩之華。

◎楊慎（1983），《升菴詩話》，續歷代詩話本，臺北：藝文。

◎楊澤編（1996），《魯迅小說集》，臺北：洪範。

◎森田松太郎等著，吳承芬譯（2000），《知識管理的基礎與實例》，臺北：小知堂。

◎路況（1990），《後／現代及其不滿》，臺北：唐山。

◎路況（1993），《虛無主義書簡──歷史終結的游牧思考》，臺北：唐山。

◎董仲舒（1988），《春秋繁露》，增訂漢魏叢書本，臺北：大化。

◎董浩等編（1974），《欽定全唐文》，臺北：文友。

◎鄒郎編著（1985），《世界文學史》，臺北：五南。

◎葉長海（1990），《戲劇發生與生態》，臺北：駱駝。

◎葉維廉（1983），《比較詩學》，臺北：東大。

◎葉維廉（1992），《解讀現代、後現代：生活空間與文化空間的思索》，臺北：東大。

◎葉謹睿（2005），《數位藝術概論：電腦時代之美學、創作及藝術環境》，臺北：藝術家。

◎葛寧賢等（1976），《五十年來的中國詩歌》，臺北：正中。

◎碧果（1988），《碧果人生》，臺北：采風。

◎敻虹（1997），《觀音菩薩摩訶薩》，臺北：大地。

◎趙如琳（1991），《戲劇藝術之發展及其原理》，臺北：東大。

◎熊元義（1998），《回到中國悲劇》，北京：華文。

◎廖咸浩（1998），〈悲喜未若世紀末：九〇年代的臺灣後現代詩〉，輔仁大學外語學院主辦「兩岸後現代文學研討會」論文，臺北。

◎廖炳惠（1985），《解構批評論集》，臺北：東大。

◎廖炳惠（1994），《回顧現代：後現代與後殖民論文集》，臺北：麥田。

◎齊裕焜等（1995），《劍與鏡──中國諷刺小說史略》，臺北：文津。

◎潘麗珠（1997），《現代詩學》，臺北：五南。

◎劉勰（1988），《文心雕龍》，增訂漢魏叢書本，臺北：大化。

◎劉介民（1990），《比較文學方法論》，臺北：時報。

◎劉昌元（1987），《西方美學導論》，臺北：聯經。

◎劉軍寧（1992），《權力現象》，臺北：臺灣商務。

◎劉燕萍（1996），《愛情與夢幻──唐朝傳奇中的悲劇意識》，臺北：臺灣商務。

◎劉錚雲（1996），《從現象學到後現代》，臺北：東大。

◎滕守堯（1995），《對話理論》，臺北：揚智。

◎鄭良偉編注（1992），《臺語詩六家選》，臺北：前衛。

◎鄭明萱（1997），《多向文本》，臺北：揚智。

◎鄭泰丞（2000），《科技、理性與自主──現代及後現代狀況》，臺北：桂冠。

◎鄭祥福（1996），《後現代政治意識》，臺北：揚智。

◎鄭振鐸編選（1990），《中國新文學大系．文學論爭集》，臺北：業強。

◎鄭愁予（1977），《鄭愁予詩選集》，臺北：志文。

◎鄭樹森（1994），《從現代到當代》，臺北：三民。

◎鄭慧如（2000），〈隱藏與揭露——論臺灣新詩在文化認同中的世代屬性〉，中央大學中文系現代文學教研室等主辦「新世代詩人會談」論文。

◎蔣原倫等（1994），《歷史描述與邏輯演繹——文學批評文體論》，昆明：雲南人民。

◎蔡源煌（1988），《從浪漫主義到後現代主義》，臺北：雅典。

◎廚川白村著，林文瑞譯（1989），《苦悶的象徵》，臺北：志文。

◎賴賢宗（1994），《雲蕉集》，臺北：詩之華。

◎錢鍾書（1987），《談藝錄》，臺北：藍燈。

◎韓愈（1983），《韓昌黎文集》，臺北：漢京。

◎鴻鴻（1990），《黑暗中的音樂》，臺北：曼陀羅創意工作室。

◎鍾嶸（1988），《詩品》，增訂漢魏叢書本，臺北：大化。

◎鍾明德（1995），《從寫實主義到後現代主義》，臺北：書林。

◎蕭煒（1996），《知識的雙刃劍——後現代主義與當代理論》，北京：中國社會。

◎蕭蕭（1996），《緣無緣》，臺北：爾雅。

◎蕭蕭（1998），《現代詩學》，臺北：東大。

◎簡政珍等主編（1990），《臺灣新世代詩人大系》，臺北：書林。

◎簡政珍（2004），《臺灣現代詩美學》，臺北：揚智。

◎魏泰（1983），《臨漢隱居詩話》，歷代詩話本，臺北：漢京。

◎豐華瞻（1993），《中西詩歌比較》，臺北：新學識。

◎羅門（1996），《羅門詩選》，臺北：洪範。

◎羅青（1989），《什麼是後現代主義》，臺北：五四書店。

◎羅青（1992），《詩人之燈》，臺北：東大。

◎羅青（1994），《荷馬史詩研究——詩魂貫古今》，臺北：學生。

◎羅青（2002），《吃西瓜的方法》，臺北：麥田。

◎蘇煒（2006），《站在耶魯講臺上》，臺北：九歌。

◎譚獻（1988），《復堂詞話》，詞話叢編本，臺北：新文豐。

◎譚桂林（1999），〈禪與當代大陸的「朦朧詩」〉，於南華管理學院宗教文化研究中西主辦「海峽兩岸當代禪學學術研討會」論文。

◎嚴羽（1983），《滄浪詩話》，歷代詩話本，臺北：藝文。

◎龔鵬程（1986），《詩史本色與妙悟》，臺北：學生。

◎Alan Bullock著，董樂山譯（2000），《西方人文主義的傳統》，臺北：究竟。

◎Aleš Erjavec等著，楊佩芸譯（2009），《後現代主義的鐮刀：晚期社會主義的藝術文化》，臺北：典藏。

◎Alvin J. Schmidt著，汪曉丹等譯（2006），《基督教對文明的影響》，臺北：雅歌。

◎Antonio Stármeta著，張慧英譯（2001），《聶魯達的信

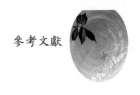

差》，臺北：皇冠。

◎Anthory Stevens著，薛詢譯（2006），《大夢兩千天》，臺北：立緒。

◎Aristotle著，姚一葦譯注（1986），《詩學》，臺北：中華。

◎Barry Smart著，李衣雲等譯（1997），《後現代性》，臺北：巨流。

◎Benoît Vermander著，楊麗貞等譯（2006），《新軸心時代》，臺北：利氏。

◎Bill Gates著，樂為良譯（1999），《數位神經系統：與思考等怪的明日世界》，臺北：商周。

◎Bruce Schneier著，韓沁林譯（2016），《隱形帝國：誰控制大數據，誰就控制你的世界》，臺北：如果。

◎C.Lévi-Strauss著，李幼蒸譯（1998），《野性的思維》，臺北：聯經。

◎Christopher Phillips著，林雨倩譯（2005），《蘇格拉底的咖啡館──哲學新口味》，臺北：麥田。

◎C.S.Lewis著，梁永安譯（1998），《四種愛》，臺北：立緒。

◎Daniel McNeill著，黃中憲譯（2004），《臉》，臺北：藍鯨。

◎David K. Naugle著，胡自信譯（2006），《世界觀的歷史》，北京：北京大學。

◎David Perkins著，林志懋譯（2001），《阿基米德的浴缸──突破性思考的藝術與邏輯》，臺北：究竟。

◎David Throsby著，張維倫等譯（2003），《文化經濟

學》，臺北：典藏。

◎Diana Issidorides著，汪芸譯（2006），《愛情地圖》，臺北：天下。

◎Diane Ackerman著，莊安琪譯（2004），《氣味、記憶與愛欲—艾克曼的大腦詩篇》，臺北：時報。

◎Douwe Fokkema等著，王寧等譯（1992），《走向後代主義》，臺北：淑馨。

◎Francois Jullien著，卓立譯（2006），《淡之頌：論中國思想與美學》，臺北：桂冠。

◎Frank Lentricchia等編，張京媛等譯（1994），《文學批評術語》，香港：牛津大學。

◎Friedrich W. Nietzsche著，劉崎譯（2000），《悲劇的誕生》，臺北：志文。

◎Gaston Bachelard著，龔卓軍譯（2003），《空間詩學》，臺北：商周。

◎George Lakoff等著，周世箴譯（2006），《我們賴以生存的譬喻》，臺北：聯經。

◎Giambattista Vico著，朱光潛譯（1997），《新科學》，北京：商務。

◎Gordon Graham著，江淑琳譯（2003），《網路的哲學省思》，臺北：韋伯。

◎Hans-Georg Gadamer著，洪漢鼎譯（2007），《真理與方法》，北京：商務。

◎Harald Koisser等著，張存華譯（2007），《愛、欲望、出軌的哲學》，臺北：商周。

◎Harold Bloom著，高志仁譯（1998），《西方正典》，臺

北：立緒。

◎Harold Rosenberg著，陳香君譯（1997），《「新」的傳統》，臺北：遠流。

◎Hayden White著，陳永國譯（2003），《後現代歷史敘事學》，北京：中國社會科學。

◎Herbert Mainusch著，古城里譯（1992），《懷疑論美學》，臺北：商鼎。

◎Huston Smith等著，梁永安譯（2000），《超越後現代心靈》，臺北：立緒。

◎Ian Caldwell等著，劉泗瀚譯（2006），《四的法則》，臺北：皇冠。

◎Ian G. Barbour著，章明義譯（2001），《當科學遇到宗教》，臺北：商周。

◎Ian Tattersall著，孟祥森譯（1999），《終極的演化──人類的起源與結局》，臺北：先覺。

◎Ihab Hassan著，劉象愚譯（1993），《後現代的轉向》，臺北：時報。

◎Jacques Attali著，林心如譯（2018），《未來簡史》，臺北：避風港。

◎Jacques Derrida著，汪堂家譯（2005），《論文字學》，上海：上海譯文。

◎Jeremy Rifkin著，蔡伸章譯（1988），《能趨疲：新世界觀──二十一世紀人類文明的新曙光》，臺北：志文。

◎John Milton著，楊耐冬譯（1999），《失樂園》，臺北：志文。

◎John Naisbitt著，潘東傑譯（2006），《奈思比11個未來定

見》，臺北：天下。

◎John Tomlinson著，鄭棨元譯（2005），《最新文化全球化》，臺北：韋伯。

◎John W. O'Malley著，鄭義愷譯（2006），《西方四文化》，臺北：立緒。

◎Joseph Natoli著，趙逍等譯（2005），《後現代性導論》，南京：江蘇人民。

◎Julia Kristeva著，吳錫德譯（2005），《思考之危境：克莉絲蒂娃訪談錄》，臺北：麥田。

◎Karen Armstrong著，蔡昌雄譯（1999），《神的歷史》，臺北：立緒。

◎Ken Wilber著，龔卓軍譯（2000），《靈性復興——科學與宗教的整合道路》，臺北：張老師。

◎Lawrence Lessig著，劉靜怡譯（2002），《網路自由與法律》，臺北：商周。

◎Lester C. Thurow著，齊思賢譯（2000），《知識經濟時代》，臺北：時報。

◎L.Lévy-Brühl著，丁由譯（2001），《原始思維》，臺北：臺灣商務。

◎L. James Hammond著，胡亞非譯（2001），《西方思想抒寫》，臺北：立緒。

◎Louis Dupré著，傅佩榮譯（1996），《人的宗教向度》，臺北：幼獅。

◎Ludwig Wittgenstein著，范光棣等譯（1990），《哲學探討》，臺北：水牛。

◎Mary Pipher著，閻蕙羣譯（2008），《用你的筆，改變世界：如何寫出撼動人心的好文章？》，臺北：大是。

◎Malcolm Bradbury著，趙閔文譯（2007），《文學地圖》，臺北：胡桃木。

◎Manuel Castells著，夏鑄九等譯（1998），《網路社會之崛起》，臺北：唐山。

◎Margaret Wertheim著，薛絢譯（2000），《空間地圖──從但丁的空間到網路的空間》，臺北：臺灣商務。

◎Marilyn Ferguson著，廖世德譯（2004），《寶瓶同謀》，臺北：方智。

◎Marshall McLuhan著，鄭明萱譯（2006），《認識媒體：人的延伸》，臺北：貓頭鷹。

◎Martin Dodge等著，江淑琳譯（2005），《網路空間的圖像》，臺北：韋伯。

◎Megan Tresidder著，李桐豪譯（2003），《愛情的文法》，臺北：米娜貝爾。

◎Michael J. Mandel著，曾郁惠譯（2001），《網路大衰退》，臺北：聯經。

◎Michel Foucault著，王德威譯（1993），《知識的考掘》，臺北：麥田。

◎Milan Kundera著，韓少功等譯（2000），《生命中不能承受之輕》，臺北：時報。

◎Nicholas Negroponte著，齊若蘭譯（1998），《數位革命》，臺北：天下。

◎Pablo Neruda著，李宗榮譯（1999），《二十首情詩與絕望的歌》，臺北：大田。

◎Patricia Aburdene著，徐愛婷譯（2005），《2010大趨

勢》，臺北：智庫。

◎Paul de Man著，李自修等譯（1998），《解構之圖》，北京：中國社會科學。

◎Paul Virilio著，楊凱麟譯（2001），《消失的美學》，臺北：揚智。

◎Perry Anderson著，王晶譯（1999），《後現代性的起源》，臺北：聯經。

◎Peter A. Angeles著，段德智等譯（2001），《哲學辭典》，臺北：貓頭鷹。

◎Peter Brooker著，王志弘等譯（2003），《文化理論詞彙》，臺北：巨流。

◎Peter Farb著，龔淑芳譯（1990），《語言遊戲》，臺北：遠流。

◎Philip J. Davis等編，馬曉光等譯（1992），《沒門》，北京：中國社會科學。

◎Plato著，侯健譯（1989），《柏拉圖理想國》，臺北：聯經。

◎Raymond Chapman著，王晶培審譯（1989），《語言學與文學》，臺北：結構羣。

◎René Wellek等著，王夢鷗等譯（1979），《文學論──文學研究方法論》，臺北：志文。

◎Rex Gibson著，吳根明譯（1988），《批判理論與教育》，臺北：師大書苑。

◎Robert Escarpit著，葉淑燕譯（1990），《文學社會學》，臺北：遠流。

◎Roger Fowler著，袁德成譯（1987），《現代西方文學批評術語》，成都：四川人民。

◎Roger Silverstone著，陳玉箴譯（2003），《媒介概念十六講》，臺北：韋伯。

◎Roland Barthes著，李幼蒸譯（1992），《寫作的零度──結構主義文學理論文選》，臺北：時報。

◎Roland Barthes著，屠友祥譯（2004），《S／Z》，臺北：桂冠。

◎R. V. Johnson著，蔡源煌譯（1980），《美學主義》，臺北：黎明。

◎Sandra Vandermerwe著，齊思賢譯（2000），《價值行銷時代──知識經濟時代獲利關鍵》，臺北：時報。

◎Sofia A. Souli著，黃田芳譯（2005），《希臘愛愛》，臺北：遠流。

◎Sonja K. Foss等著，林靜伶譯（1996），《當代語義觀點》，臺北：五南。

◎Steven Best等著，朱元鴻等譯（1994），《後現代理論：批判的質疑》，臺北：五南。

◎Steven Connor著，唐維敏譯（1999），《後現代文化導論》，臺北：五南。

◎Terry Eagleton著，聶振雄等譯（1987），《當代文學理論導論》，香港：旭日。

◎Tim Jordon著，江靜之譯（2001），《網際權力：網際空間與網際網路的文化與政治》，臺北：韋伯。

◎Thomas Munro著，安宗昇譯（1987），《走向科學的美學》，臺北：五洲。

◎Tzvetan Todorov著，王東亮等譯（1990），《批評的批評

──教育小說》，臺北：久大等。

◎Tzvetan Todorov著，王國卿譯（2004），《象徵理論》，北京：商務。

◎Umberto Eco著，黃寤蘭譯（2000），《悠遊小說林》，臺北：時報。

◎Václav Havel著，貝嶺等譯（2002），《反符碼──哈維爾圖像詩》，臺北：唐山。

◎Virgil C. Aldrich著，周浩中譯（1987），《藝術哲學》，臺北：水牛。

◎Vladimir Nabokov著，廖月娟譯（2006），《幽冥的火》，臺北：大塊。

◎Veronica Ions著，杜文燕譯（2005），《神話的歷史》，臺北：究竟。

◎Walter M. Brugger著，項退結編譯（1989），《西洋哲學辭典》，臺北：華香園。

◎Walter W. Sawyer著，胡守仁譯（2006），《數學家是怎麼思考的──純粹帶來力量》，臺北：天下。

◎Wilhelm Weischedel著，鄭志成譯（2004），《通往哲學的後門階梯──34位哲學大師的生活與思想》，臺北：究竟。

◎William J. Mitchell著，陳瑞清譯（1998），《位元城市》，臺北：天下。

◎Zygmunt Bauman著，何定照等譯（2007），《液態之愛》，臺北：商周。

(END)

醋味

許一個有深度的哲學化人生

周慶華——著

人生哲學，有程度的啟發，助於人生開展。

英國作家沃波爾對悲劇的看法：「習慣動腦的人，人生是一齣喜劇；習慣感情用事的人，人生則是一齣悲劇。」這明顯是要告訴人，悲喜劇全是自己惹來的。
蘇格拉底說：「沒有經過反省的生命是不值得活的。」那些默默地把自己的生命推入湖海的人，顯然是未曾經過反省這道手續，所以盡把風光讓給別人。

瀰來瀰去

跨域觀念小小說

一本篇幅最小的小說

作者 **周慶華**

極短篇小說：自然瀰化中汲出，予以別樣的活脫昇華。

瀰（meme），是文化基因，轉用在小說上，則可以統括古來大家所創發寫實、超現實、魔幻寫實、科幻、後設、基進等觀念的交纏疊現。將觀念揉合併集於一本書中，且出以極短篇形式，則又有嘗試表現方式的另啟新猷。於是揉併是對舊瀰的接收，以短製包裝是相關新瀰的部署；而小說寫就瀰來瀰去後，則是可能的另一波文化翻新的開始。

解脫的智慧

蘊蓄生命相關的智慧，
才會看見前面的坦途。

解脫是因為有繫縛，而
繫縛要靠自我終極的去
縛擔負，在歷事中折衝
成長，最後才能得著實
質的解脫。

當代人都在渴望尋求自在
解脫，但在精神浩瀚的領
域中，以常人一己能力想
以理出自己的智慧方法與
修持途徑。因此，希望讀
者從本書中體悟到適度學
習的答案，打開了一扇生
命智慧之窗。我們在面對
或應付事物時也有如
的苦況，自然就不如據
而研思超卓的法則，既能
有成就來自我安慰，又能
減少人生的損耗，不會是
經驗可珍且餘情可感，而
此去一路風光，再美好也
不過。這總說是生命的解
脫，而解脫則需要智慧。

周慶華 著

國家圖書館出版品預行編目(CIP)資料

走出新詩銅像國 / 周慶華編著. -- 初版. -- 臺北市 :
華志文化, 2019.07
面 ; 公分. --(後全球化思潮 ; 1)
ISBN 978-986-97460-5-2(平裝)

1. 新詩 2. 詩法

812.11　　108008799

華志文化事業有限公司
系列／後全球化思潮01
書名／走出新詩銅像國

作者　周慶華
執行編輯　簡煜哲
美術編輯　楊雅婷
封面設計　王志強
文字校對　陳欣欣
企劃執行　張淑芬
總編輯　黃志中
社長　楊凱翔
出版者　華志文化事業有限公司
電子信箱　huachihbook@yahoo.com.tw
地址　116 台北市文山區興隆路四段九十六巷三弄六號四樓
電話　0937075060

總經銷商　旭昇圖書有限公司
地址　235 新北市中和區中山路二段三五二號二樓
電話　02-22451480
傳真　02-22451479
郵政劃撥　戶名：旭昇圖書有限公司（帳號：12935041）

出版日期　西元二〇一九年七月初版第一刷

書號／G401

華志文化

華志文化